El

Pointman

Un libro de Jesper Persson

Prologue

El **libro, The Pointman,** trata sobre una persona que durante muchos años ha sido entrenada y entrenada por una Organización con el finde infiltrarse fácilmente en otras organizaciones. Decide distanciarse de la vida negativa, pero la Organización no quiere deshacerse de él porque recibió una sólida formación en psicología, fisiología, entrenamiento de armas, artefactos explosivos, y piratería informática, con piratería informática. Si la Organización abandonara voluntariamente a esa persona, resultaría ser una gran pérdida, y con toda la formación que tiene, una pesadilla estaría cerca para la Organización si sus conocimientos hubieran llegado a las manos equivocadas.

Muchas personas sufrirían mucho, y el conocimiento de asesinar a personas es uno de los méritos de su historial. La organización es un adversario poderoso con muchos tentáculos en gran parte del mundo, y con una visión de la vida de una persona. Erik sabía de este conocimiento, pero después de muchos años tenía el deseo de renunciar de una manera digna. La pregunta es, puede dejar de mantener su honor? Tanto la organización como los involucrados afirman que el viaje apenas ha comenzado. El detective es una historia terrible

en un entorno que te elevará a otro nivel que
será olvidado tarde.

Autor Jesper Persson
Disfruta!

Lema: La confianza es dios – El control es mejor

Un libro de The Author Jesper Persson

Copyright 2020

Reader BeDe

Translator A.D Zingo

Libros publicados anteriormente

por el autor Jesper Persson

Publicado en 2008

La guerra contra la sociedad

Memorias

Publicado 2012 - 2013

Error de estado de operación Parte 1

Error de estado de operación Parte 2

Memorias

Publicado 2016 - 2017

En laSombra de la Sociedad

Memorias

Publicado 2019

Venganza de Lismaren

Historias de detectives

La mayoría de los libros publicados anteriormente están actualmente
traducidos al inglés.
www.forfattarejesperpersson.se

ISBN: 978-91-986545-5-4

Capítulo 1

Su nombre es Erik, y la organización hace la mayor parte del trabajo para convencerlo de que se quede, en parte porque creen que tal persona puede recaudar dinero a gran escala, pero también porque han invertido mucho y mucho tiempo en Erik.

Un día, la organización se da cuenta de que no es tan impulsado por él como lo ha sido durante algunos años, y que probablemente perdió sus antojos. Erik siempre ha pensado que su abuela jugó un papel importante, y que sus opiniones significaron mucho en la decisión que ahora tomó en la familia "La Organización". Fue en la Organización que fue entrenado, y fue el mismo que claramente se negó a renunciar a su identidad

Ahora las elecciones y demandas están empezando a hacer impresiones claras donde nadie quiere dejar ir, y algunas personas que usted como lectores seguirá en esta historia de detectives.

Erik tenía un gran respeto por su abuela que ya había fallecido. Siempre quiso rendir homenaje a los principios que su abuela defendía y sentía que las decisiones que tomó para abandonar la Organización no eran exactamente las que ella defendía. Erik pensó una y otra vez, finalmente dándose cuenta de que la decisión correcta era probablemente dejar a la familia.

Cuando estaba en la casa de su abuela y en la casa del abuelo, tenía un par de zapatillas ornamentales que su abuela había colgado en la pared dentro de la puerta principal, y de las que Erik tiene un recuerdo bastante claro. También tenía un fuerte recuerdo de siempre caerse cuando los llevaba puestos.

Igualmenteclaramente, recuerda que su abuela corría cada vez que caía, y eso le ayudó a levantarse de nuevo. Que corría y se caía todo el tiempo, probablemente era sobre todo porque era un tipo redondo con unos kilos demasiado. Con su traje de marinero azul,, y una brecha entre sus dientes tan escasos como el de Thore Skogman, y una pierna lateral con la que no jugar.

Al principio de su infancia, la primera semilla de empatía fue puesta para Erik, y a lo largo de su infancia, y en su vida adulta se ha convertido en lo que es hoy en día. Para que una semilla crezca, debe engordar, y la nutrición de la semilla vital de Erik es, como en la vida real, una mezcla de muchos ingredientes, al igual que el hombre que come una dieta nutritiva.

Erik y otros cinco escolares podían asistir a la clase clásica de OBS, que era una clase para niños que no seguían el ritmo, o que perturbaban la escolarización regular, y por lo tanto en algunas lecciones tenían que ser su propia clase.

Erik ha conocido una vez al profesor de OBS que tuvo durante su vida adulta, y luego confirmó que la esencia de la escuelamás, o menos clasificados los niños de acuerdo con su relación familiar. Erik se sienta y piensa en cómo era la sociedad en ese momento en que era un niño de escuela, y no es sin que él se pregunte, si las condiciones eran diferentes, y tuvo la oportunidad de una manera más privada y útil dirigió la escuela.

Sí, pero eso no es para pensar. Erik pensó.

No, no es culpa de la escuela que Erik entrara en el signo del crimen, pero con una mejor plataforma podría haberse convertido en otras y mayores oportunidades de trabajo. Tal requisito previo habría sido si hubiera continuado en la escuela secundaria, o en alguna forma de formación profesional.

Ahora se enfrenta a nuevos y grandes desafíos.

Ahora que realmente se enfrentaba a grandes problemas, iba a contar a la Organización lo que había sucedido. No! Decidió esperarlo, ya que acababa de empezar a acostumbrarse a la idea y también había estado durmiendo mal recientemente. Darles tal mensaje sólo lo haría más inmóvil, lo cual era completamente innecesario. En estemomento, vivía con la esperanza de que todo saldría bien de alguna manera. Claro, ahora lamenta en retrospectiva que no haya hablado directamente a la Organización sobre lo que ha sucedido, sino que desea que la Organización se sienta bien, con todo lo que significa y todos los problemas que han surgido ahora. Como no les dijo, significaba que de repente tuvo que vivir algúntipo, de doble vida. Sí! Haces muchas cosas de cuando vienes en situaciones como esta, pensó. Tenía un instintode supervivencia humana, ya que le gustaba enfrentarse a alguna forma de negación de la verdad. Los problemas sólo parecían amontonarse. Up Un accidente rara vez viene solo, y así fue en este caso también..

Justo en este momento, Anton, que era bastante alto en la Organización, llamó y quería que Erik tuviera una charla con las personas que no habían pagado sus deudas, como antes prometieron hacer, y ahora resultó que la deuda no había sido liquidada. Anton quería que Erik hiciera la recuperaciónpara que se pagara la deuda. Erik se dio cuenta de que la sensación que tenía de abandonar la Organización era casi imposible con la esperanza de que hiciera el trabajo. Erik sabía que iba a ser una noche larga, y habría algo de violencia y elementos que Erik no defendió, y no pudo echarse atrás. Más tarde en el día, Anton llamó de nuevo, pidiéndole a Erik que recibiera la llamada en la otra línea. La segunda línea era Skype. Es decir, la policía no pudo interceptar la llamada. La organización lo hizo para mantener a todos los involucrados a salvo.

Después de la llamada, Erik llegó al lugar donde iba a hacer la recuperación. Cuando Erik llegó a la pequeña granja, había una granja aún más grande más abajo. Se parecía a una mansión más pequeña, y parecía ser bueno para muchos centavos, pero las apariencias pueden ser defraudadas, y lo hizo todo.

Las personas propietarias de la mansión no tenían suficiente dinero, por lo que sus deudas podían ser saldadas. Erik pensó un poco en el lugar, que probablemente no tenía dinero, y optó por exponerse a esto voluntariamente, incluso si había un gran riesgo de que una lesión podría convertirse en una fact. Erik fue al maletero de su coche para recuperar armas y murciélagos, pero se dio cuenta en el mismo segundo de que las personas que poseían el lugar. No eran exactamente aquellas personas que se mantenían alejadas de la ley, o un cobrador de deudas. Pero la pregunta era, por qué estas personas eligieron la violencia en lugar de una solución o pago? Con grandes pasos Erik entró en el lugar y tocó el timbre, y un hombre bastante pequeño abrió la puerta, y fue recibido por Erik. El hombre preguntó con voz temblorosa qué podían hacer por ti.

Erik inmediatamente preguntó dónde estaba su hermano. Un momento. Respondió al hombre y llamó a su hermano Carl, quien probablemente se dio cuenta de lo que se trataba la visita, y de repente se sintió incómodo, y muy pronto comenzó a tirar de la barbilla juntos, o el número de barbillas que demostraba que tenía. Erik preguntó el nombre del otro hermano, y se le dijo que su nombre era Evert, miró completamente paralizado sobre la recuperación que no había comenzado.

Queridos ancianos! Erik dijo.

Ambos tienen una deuda de 150.000 SEK cada uno, y debe liquidarse en un plazo de 24 horas. Erik recogió una nota de su bolsillo con un número de teléfono y un número de cuenta. Si usted paga las deudas en este tiempo, no se pone peor que esto. Su hermano Evert parecía estar en un mundo completamente diferente, por lo que su hermano Carl recibió la noticia.

Erik completó la recuperación, pero se dio cuenta cuando se fue, que fue la primera recuperación que hizo sin armas, así que fue una nueva sensación que sintió. Cuando Erik vino un largo camino, Anton vino y se reunió. Anton se preguntó, por supuesto, cómo había ido, así que Erik me dijo. Anton pensó que había sido demasiado amable y no pensó por su vida que esto funcionaría. Sonaba muy preocupado por las acciones de Erik, y que había mostrado un lado humano. Anton no estaba acostumbrado a que Erik fuera tan amigable como ahora exhibía. Suena el teléfono de Anton. Es la Organización.

Capítulo 2

Resultó que el otro hermano, Evert, quería que pagaran más tarde porque no tenían cobertura por el trabajo que los hermanos habían pedido. Eran tres compañías diferentes que tuvieron grandes pérdidas. A lo largo de los años, las empresas más establecidas habían logrado obtener un colchón de efectivo, pero la persona que no tenía empresas tenía problemas mucho mayores. Ahora todo el mundo tenía que tratar de explicar lo que había sucedido a las personas afectadas. Ese día, los pensamientos fueron alrededor. Cómo le explicarían esto los hermanos a cualquiera que no haya obtendo su dinero? Que no pagaron sus facturas. La organización era reticente, pero ahora tenía que informar a los hermanos de este problema. De hecho, se preocuparon y comenzaron a discutir si ambos llamarían a los clientes, lo que no sería tan bueno, ya que ya había abogados en estos casos, y a ver la desesperación de los dos hermanos, destrozar completamente a Erik por dentro.

Se desperdiciaría la recuperación ahora, sólo porque dos hermanos no podían pagar? Muchas, se olvida de la presión psicológica que se produce cuando se tienen problemas financieros de este calibre, y por supuesto afecta

a todos los involucrados. El desgaste que luego
surgió se convirtió en una gran herida abierta
entre Erik y Anton. La herida sana, la costra se
cae, pero la cicatriz persiste. Por supuesto,, las
cicatrices se desvanecen con el tiempo, pero el
tiempo era algo que ni Erik ni Anton tenían. Lo
que tenían, sin embargo, eran autoridades y
mayoristas que querían ser pagados por los
hermanos Evert y Carl. Había una gran brecha
entre Erik y Anton, y comenzó a conducir a la
discordia entre ellos, cuando se trataba de
mucho dinero. La pérdida total de más de
300.000 SEK, una cantidad que es grande
cuando la empresa era frágil. Los hermanos
comenzaron a redistribuir desesperadamente las
cantidades disponibles que la compañía tenía.
Sin los mayoristas, los hermanos no habrían
tenido ningún material con el que trabajar, y
luego ambos tuvieron que aplazar el impuesto
de sociedades, para poder dar a las personas de
la empresa su compensación.

No tendrían que sufrir porque los hermanos no
pagaron. Erik no quería que nadie sufriera, y
desesperado como ambos, la Organización creía
que todo saldría bien, sólo que era un acuerdo en
un tribunal de arbitraje. Sí, es increíble que
puedas ser tan jodidamente ingenuo para
pensar una cosa tan estúpida,, Anton era en
realidad menos ingenuo, que Erik,, y dijo muy

temprano, que esto no va a funcionar, de ninguna buena manera. El mismo estaba bastante convencido de que iría bien, lo cual era completamente imposible. Sentí que toda la organización estaba fuera de fase.

Ahora era el momento de reunirse con los hermanos en el tribunal arbitral en, con el fin de hacer las cosas bien. Un hermano carecía de la capacidad de pagar, y había otros que estaban antes y querían que le pagaran. El juicio terminó con Erik habiendo hecho un buen trabajo, pero como los hermanos carecieron de facilidades de pago, significaba que la Organización no estaba pagada.

Anton estaba tan enojado, y le susurró a Erik que él mismo haría la recuperación. Erik trató de hablar con calma, pero en vano. Anton había tomado una decisión y salió de la sala en puro afecto. Se escapó a medias, así que Erik sólo lo vio salir del pasillo. Los enteros parecían un poco extraños para la gente que estaba en el pasillo, pero Erik sintió adónde iba Anton, y bajó a su auto. Erik se dio cuenta después de conducir unos kilómetros, que Anton probablemente condujo en otra dirección.

Erik se detuvo al lado de la carretera y tenía el motor en marcha. Se preguntó a dónde había conducido, tan enojado como él, pero Erik no pensó que Anton había conducido a la granja. Se preguntó si había hablado con los hermanos acerca de una solución. Los pensamientos realmente fueron en la cabeza de Erik. Dónde podría estar? Pensó.

Erik se preguntaba si había ido al antiguo granero, que es propiedad de la Organización, pero al mismo tiempo se preguntaba por qué iría allí, y ya que era sólo para los miembros de la Organización, por lo que no debería haber traído a los hermanos allí. Por alguna razón Erik va al viejo granero y se asegura de su sorpresa de que hay dos coches en la granja de la Organización. Extraño, pensó Erik, que no conducía todo el camino hacia adelante, pero detuvo su coche para sentarse en silencio. Pronto comenzó a salpicar un poco en el parabrisas, y luego comenzó a llovizna tanto que Erik no quería salir del coche.

Cuando Erik había estado sentado durante unos 10 minutos, oyó a alguien murmurando, sonaba como varias voces que estaban en el mismo lugar, pero realmente no podía discernirlo de una buena manera, pero tuvo que rodar por la caja un poco a pesar de que estaba lloviendo. Cuando Erik bajó por la ventana, pudo oír a alguien haciendo ruidos, y luego hubo dos voces

que sonaban. Qué diablos se está oyendo?
Pensé que Erik.

Hay alguien gritando o gritándole a alguien? Erik
se frustró con el sonido y decidió bajarse del
coche y acercarse más. Mientras se acercaba,
oyó dos voces masculinas, y un tercer grito a los
demás furiosamente, sonando muyenojado.

Ahora Erik tenía tanta curiosidad que decidió
entrar en el granero y vio a una persona
completamente loca sentada con un torso
desnudo, que estaba cubierto de sangre de las
personas que fueron torturadas en el momento
actual. Cuando Erik mira, hay dos personas en
una silla, atadas con cinta adhesiva, y han sido
severamente torturadas. Estos hermanos
tuvieron que soportar el infierno.

Eran tan malos que una foto de gracia habría
estado en orden. La persona que había
torturado a los dos hermanos los había pegado a
ambos en cada silla, y luego los había torturado,
y había tomado un cuchillo más pequeño, y
cortado delgadamente alrededor de su dedo, de
modo que simplemente atravesó la piel. Luego
se colocó una plancha en la articulación superior
del dedo, y la piel se alejó, lo que fue un gran
dolor, de ahí el sonido que había escuchado en
el coche. Luego había tomado un cortador
lateral, y cortado el hocico de la oreja que daba

mucha sangre, para sacar la antorcha de corte
como un número de acabado, y cortar tres
dedos en el pie, de ahí el olor de cerdo frito en el
granero, que se convirtió en el infierno de los
hermanos en la tierra. Afortunadamente, Anton
no había tenido tiempo de completar su trabajo.
Su hermano Evert había hecho su pie, y por una
extraña razón Erik estaba feliz por ello y no
quería mirar a su amigo Anton que había llevado
a cabo esta acción. Fue sólo una prueba para
Erik de que le golpeó la cabeza a Unnton.

Erik sólo vio a Anton que estaba tan sangrando
en su parte superior del cuerpo, y un hermano
Evert que hizo algunos movimientos de vida, su
hermano Carl había muerto debido a una gran
pérdida de sangre. Anton parecía
completamente desaparecido por razones
psicológicas, y Erik tomó una represión
alrededor de una gran tubería de hierro y lo
golpeó en la cabeza, cuando en ese momento
fue demasiado lejos. Incluso si vas a asustar a la
gente que puedes, no ir tan lejos como Anton
hizo. Erik golpeó la tubería de hierro tan fuerte
que la sustancia cerebral comenzó a fluir fuera
del cráneo. Mientras Erik intentaba hacer que
esto pareciera una especie, de enfrentamiento,
Evert miró con sus ojos, el hermano viejo
parecía largo y duro, y sus ojos decían más de
mil palabras.

Estoy seguro de que el viejo quería vivir, pero se convirtió en un testigo que tuvo que desaparecer, pero cómo diablos pudo Erik matarlo cuando tiene esa mirada. Mientras Erik estaba limpiando, Evert siguió mirándolo, y esperaba que sobreviviera. Erik lo sabía, y entendió que tenía que matar al viejo, pero esa mirada apestaba y creaba más ansiedad que una solución al problema.

Erik se acercó a la silla donde Evert estaba grabado con cinta adhesiva en las piernas,el brazo y un trozo de cinta adhesiva sobre su boca, para que no pudiera gritar ni gritar. Erik quitó el pedazo de cinta sobre la boca de Evert, pero dijo antes de que lo hiciera, que no gritaría. Evert asintó al unísono para estar callado, y Erik quitó la cinta. Evert comenzó a hablar con una voz bastante ronca, que Erik apenas oyó. Erik tuvo que inclinar la oreja hacia Evert para escuchar lo que quería decir.

Llévame a casa! Evert dijo.

Casa? Pensé que Erik. Se suponía que lo matarían, y ahora quiere que lo lleve a casa? Qué es esto ahora? Pensé que Erik. Una vez más, se recordó a los valores de su abuela que todas las personas son iguales, y que la violencia contra otras personas no debe ser utilizada. No, no deberías hacer eso, pensó Erik, que casi vio el dedo de su abuela señalando como cuando Erik había hecho mal, y también vio a su abuelo que no parecía feliz.

Sí! Debo llevar a casa al viejo, pensó que Erik, que tenía a su abuela y a su abuelo en mente, y aunque se dio cuenta de que podía haber grandes problemas, sobre todo lo que podía dejar ADN en la ropa, y luego tenía un antiguo amigo al que había tenido que matar. Sólo eso podría causarle problemas importantes a la Organización, si se dieran cuenta, o darse cuenta de que un miembro había matado a otro de la misma Organización.

En ese momento Erik se dio cuenta de que no tenía amigos si se enteraron. Iba a ser una vida infernal, y no hablar de todas las miradas de la Organización.

Erik pensó por un momento que el viaje acababa de comenzar, y ahora no podía quedarse, incluso si le gustaría hacerlo. Bueno, Erik pensó y fue con pasos claros hacia el granero de nuevo para recoger Evert, que mirócompletamente, terminado. Erik tuvo que levantarlo, y apenas pudo sostener su pierna, así que fue con gran ayuda de Erik que realmente lo sostuvo. Puso a Evert en el lado del pasajero, mientras Que Erik entraba de nuevo en el granero para limpiar con seguridad cualquier evidencia, también recogía la lata de gas en el coche y derramaba la sopa, tanto como fuera posible, porque ardería bien. Erik encendería la gasolina, pero se daría cuenta de que no hay encendedor. Erik se preguntó cómo diablos iba a conseguir una luz,ahora?

Miró al soldador de gas, y vio que había un encendedor de cuencos, comenzó el soldador de gas y luego encendió la gasolina que vertió. Empezó a arder fuertemente de inmediato, así que Erik tuvo que abandonar el granero rápidamente.

Sabía que había una botella de gas y había una buena posibilidad de que explotara. Evert se sentó en el coche y vio que Erik vino, pero no se lo dijo a Evert, y condujo rápido. Erik le dijo que tenía que bajarse por atrás, para que nadie pensara en quién era, quién se bajó del auto.

Erik ayudó a Evert, y ambos caminaron hacia la puerta. Evert trató de abrir la puerta, pero estabacerrada, y parecía completamente mareado en la cabeza. Erik se dio cuenta de que tenía que romper la ventana si el viejo iba a entrar en la casa. Dicho y hecho, Erik rompió la ventana, y Evert finalmente entró.

Me voy ahora! Erik dijo, y Evert entendió que Erik no podía quedarse.

Erik saltó al coche y comenzó a conducir a un lugar remoto para encender el coche en el que Evert se sentó, se preguntó si quedaba gasolina en la lata porque Erik ya había usado bastante para el granero, cuando lo prendió fuego. Sí, quiero ver, pensó Erik, pero todavía tenía algunas preocupaciones al respecto. En la hora del momento, podría haber perdido la sopa en la lata.

Una vez en el lugar fatídico, fue al baúl para ver si había gasolina. Sí, había gasolina, pero no tanto, pero suficiente para que el coche con evidencia desapareciera para siempre. Erik recibió el fuego, y comenzó a arder bastante bien, no quería salir del lugar antes de que el coche estuviera realmente en llamas, dado todo el ADN que estaba después del Evert. El coche comenzó a arder correctamente, y Erik comenzó a sentirse tranquilo mientras las llamas estaban alrededor del coche.

Comenzó a caminar desde el lugar fatídico, y con los escalones de refuerzo salen por un camino que existía más adelante. Miró a su alrededor para que nadie pudiera verlo salir por ese camino. Parecía tranquilo, así que Erik comenzó su caminata que estaba completamente sin planear por su parte, cuando Evert se convirtió en una característica de su vida que no se pensó en ello.

Cuando Erik había recorrido un largo camino, se da cuenta de que está a pocos kilómetros, y su condición física no era de la mejor clase, así que decidió hacer autostop, para no ir. Después de unos pocos kilómetros, nadie había afirmado quedarse, y Erik comenzó a desesperarse. Justo cuando lo pensó, un auto se detuvo más tarde. Erik corrió a un ritmo rápido hacia el coche que se detuvo, y por su gran amabilidad, dij " gracias porque sedetuvo. "

Lo que vio fue una mujer, que era menos hermosa, y entendió por qué se detuvo para llevarle, y la mirada que había hecho al jorobado de Notre Dame es maravilloso y hermoso, pero todo el mundo llega a verse como ellos, pensó Erik.

Estaba pensando en volver a casa cuando la mujer comenzó una conversación por su total cortesía y Erik no podía ignorarla porque en realidad se había detenido a darle unascensor, Erik le dio las gracias por ser tan amable y le deseó un buen viaje. Ella dijo, vayaodbye a Erik, y él hizo lo mismo por ella. Sólo quería que se fuera de nuevo, para poder caminar esa milla que vivía y poder entrar en su lugar. Una vez dentro de la casa, vio su teléfono acostado con el cargador encendido, y observó mientras se acercaba a ella,, siendo nueve llamadas perdidas de los líderes de la organización.

Erik sabía que iba a ser una putavida, y de hecho... Henke, el líder del organization, no quedó impresionado con la situación he me dijo que alguien había matado a Anton con un objeto contundente, y que la Organización estaba investigando la ejecución que alguien le había hecho.

El líder también me dijo que habría algunos miembros más, pero no dijo quién era, cuando se reunieron en el patio del club durante el día, y luego terminó la conversación.

Erik podía oír la voz del líder de que no era feliz, y que alguien incluso se atrevía a matar a una persona miembro de pleno derecho, y cuando el líder no sabía quién hizo la escritura. Erik sabía en su pequeño mundo quién lo hizo, pero hizo todo lo posible para ocultarlo, no quería que la Organización supiera quién era el culpable.

Capítulo 3

Henke esperó a la casa club para que los nuevos miembros vinieran, y ni siquiera Erik sabía o sabía de ellos, por lo tanto, fue uno de los primeros en venir a la casa club. Había tres nuevos miembros que reemplazarían a Anton en este momento difícil, como nos dijo Henke.

Henke teníael control total de esas personas, y Erik esperaba que las presentara. Se trata de una persona que ha estado en la Organización durante mucho tiempo y que Henke pensó que podría hacer un buen trabajo. Jim OneBone trabajado anteriormente en la industria dela droga, y ahora dio un paso en la recuperación y ese negocio.

Entonces también ha habido una mujer que es madre de burdel, y no quiere que la llamen nada más que eso, pero también se la llama duende y por qué se la llama así, puede decirse a sí misma, si quiere.

Tenemos otra persona a la que le gusta trabajar por su cuenta, continúa Henke, le gusta resolver problemas complicados, y está en la Organización para regular las cosas cuando es necesario, se llama Bob Cole.

Todo estaba bien ahora, dijo Henke, y asintió con la asintió a sí para regresar al auto. Erik vio que el líder comenzó a caminar hacia la salida del club y fue después a hablar con él ojo por ojo. El líder vio en la esquina de su ojo que alguien se acercaba a él y se dio la vuelta para ver quién era. El líder parecía que estaba esperando que le hicieran una pregunta, y lo obtuvo de Erik. Se preguntó acerca de las nuevas personas que habían entrado en la Organización y por qué las trajo.

Pensé que era apropiado cuando nos convertimos en miembro menos, porque Anton había sido golpeado hasta la muerte, y había tres nuevos que se habían mantenido durante ese tiempo, así que ahora estaba realmente fuera de lugar, concluyó el líder, diciendo.

Qué sabes de esto, Henke?
Sí,, puedo decirte un poco, pero no todo. Para empezar, Jim OneBone es una persona con amplia experiencia en drogas,comercio, y negocios en el gran comercio de drogas. Ahora se traslada a larecuperación, así que espero que hice lo correcto, pero resulta más tarde. Su nombre era Jim Bone antes, pero cuando se lesionó el ojo izquierdo, durante un cargamento de drogas, se convirtió después de la lesión Jim OneBone.

Luego está Big Mama, también llamada goblin kid. "Ahora ni siquiera sé por qué se llama así, pero como dije, no es esencial para mí, siempre y cuando haga su trabajo", dijo Henke. Sus cualidades eran que podía hacer un seguimiento de las chicas Escort que tenían en la Organización, y además de eso, se veía bien, con grande, que podía derribar a la mayoría de la gente, si se volteaban demasiado rápido, entonces tenía un lindo trasero con, dijo Henke.

Dijiste buen? Escuché que de un amigo que vivió antes, Tobbe, creo que su nombre era, Dijo Erik, y siempre dijo algo sobre esa mujer, creo que estaba un poco obsesionado con esa persona, así que al carajo ahora.

Entonces tengo a Bob Cole, que es un solucionador de problemas y la mano derecha del líder. Su tarea es simple, se asegura de que la vida del líder funcione plenamente, lo que se le requiera. Henke dice. Fueron todas las personalidades las que ahora forman parte de la Organización, así que ahora adelante, Erik. Henke dijo, caminando hacia su auto para conducir lejos. Erik, que tenía el deseo de tener una vida tranquila, donde el malestar no existía pero ahora no resultó de esa manera en, el momento, pero el deseo era realmente,, allí.

Pérdida total! Ahora era un hecho, al igual que el ex-amigo de Erik, Anton, que irrumpió alrededor,, cuando el líder quería que hicieran algo al respecto. Pero, qué podrían hacer? Era sólo para darse cuenta de la pérdida. Podrían hacer más? La organización pensó que debían hacer,, contacto con el hermano que sobrevivió, conel finde presionar a su hermano Evert. En otras palabras, quería que tomaran prestado delproblema, loans,, definitivamente no sont una solución si tienes tales problemas,, como lo habían encontrado rápidamente un banco y por lo tanto Bob Cole,, no lo veía como una buena solución. Los pensamientos comenzaron a ser destructivos en todos los niveles, y la desesperación que Erik ahora sentía era pesada de soportar. Ahora sentí que el infierno había estallado y todo se había ido al infierno. Incluso es el caso de que Erik, después de todos estos años, recuerda lo mal que se sentía, ahora que se sienta aquí y piensa que golpeó a su amigo hasta la muerte.

Erik comenzó a trabajar cada vez más negro, lo que no benefició directamente a la Organización. Erik se había vuelto tan pasivo, por lo que ya no le importaba su Organización. Era como si se hubiera rendido en total, y sólo había arreglado para que pudiera vivir bien, pero sin pagar impuestos. Erik se había vuelto odioso hacia la sociedad debido a estas pruebas completamente enfermas que hicieron su recuperación completamente sin acción. A menudo se dice que la venganza es el motivo más antiguo del mundo, y ahora realmente puede decir con convicción que era extremadamente vengativo hacia todo y con todos los que estaban fuera de su Organización. Empezó a desconfiar de todo.

Sólo hizo lo que se cayó. Nadie podía influir en su decisión de que estuviera cansado de ser amable con todo el mundo. Ahora él era el que dirigía su propio barco.

Erik no podía verse descompueso, y no creía que tuviera una buena relación con la vida. Pero no todos los cuentos de hadas siempre tienen un final hermoso, pensó Erik.

No es una buena opción cuando su Organización tiene la recuperación fallida, y decirle a la Organización que espere con ella, sería como pedir a la Iglesia de Suecia que deje de decir Amén. El odio entre Erik y la Organización comenzó a crecer manifiestamente, y pronto Erik estaba en un nuevo conflicto con los abogados que dividirían la participación de Erik con la Organización.

No terminaría, porque Erik aparentemente tenía hijos en la ciudad, y resultó ahora que se recordó a los abogados. La novia con la que Erik había estado, quería que aceptara la orden provisional, (custodiaempofaria) pero Erik no estaba tan interesado en esto, y se dio cuenta de que un juicio no era algo que quería, por lo que la novia tuvo la decisión de obtener tranquilidad sobre la situación que prevalecía.

Incluso los niños se habían dado cuenta de que algo estaba mal entre Erik y la madre, lo que resultó en que un niño era a menudo triste. Un niño siempre se preguntaba dónde estaban, e incluso si tenían un conflicto, hacían todo lo posible para evitar que los niños escucharan cuando luchaban. Pero no siempre es fácil, cuando te enojas, dijo Erik, que estaba decepcionado con su compañero. Los niños siempre son atrapados de alguna manera cuando los padres deciden separarse. Erik sintió que ya no era la persona amable y cariñosa que había sido una vez. Se avergonzaba cada vez que sus hijos preguntaban por qué la madre se mudaría. A menudo se preguntaba dónde viviría papá, y pocas palabras que su hijo le dijo, cortadas como un cuchillo justo en la médula. Erik sintió una sensación terriblemente desagradable de traición a sus propios hijos, y las lágrimas eran imposibles de contener. Cómo se supone que me perdone? Erik pensó, mientras que él tenía que defenderse mentalmente pensando en estos dos hermanos que no habían pagado sus deudas, y que en realidad eran la raíz de todo el mal, pero para explicar a su propio hijo que papá había sido engañado en grandes sumas de dinero no era una opción. Eran demasiado pequeños para entender algo así.

Muchos de los pensamientos de Erik eran cómo salir de esta miseria. Cuanto más tiempo pasaba, y que veía al mismo tiempo cómo la madre empacaba sus cosas hacía que los pensamientos más idiotas se convirtieran de repente en planes brillantes. La gente es rara de esa manera. Empiezas a pensar y a actuar como el peor cavernícola.

Erik sólo quería ir a casa con los hermanos y explicarle con un bate lo que piensa, y asegurarse de que paguen las deudas, pero para entonces era demasiado civilizado para hacer algo así. Entonces uno de los hermanos había muerto, y entonces pensó que tal acción podría resolver el problema. Erik no vio las posibles sanciones que tal acción podría terminar, así que afortunadamente no hizo nada. Creer que sus hijos le hicieron pensar diferente, porque no quería perderlos porque habría cometido algún crimen, pero decir que esos pensamientos no existían había sido una mentira, y con todos los crímenes que había hecho, fácilmente podría haber perdido a mis hijos y su fe.

La madre comenzaba por mudarse con su madre durante unas semanas, hasta que tuviera un apartamento en tierra. Erik quería que su madre se quedara con él hasta que llegara el momento de mudarse. Ni siquiera quería pensar en la idea de que sus hijos no estarían en casa en su casa. Erik era todo. Sentía que se iba a descomponer, y cree que podía hacer lo que fuera de manera para mantener a sus hijos enteros. porque los ama tanto. Todo,, de repente era como si Erik fuera responsable de todas las emociones. Luego piensa principalmente en la madre. Los niños siempre mostraban sus sentimientos, y a menudo estaban tristes por lo que iba a suceder. Erik no podía hacer nada más que aceptar que ahora estaba de pie sin los niños, y que pronto se sentaría en su casa. Todas las pinturas que llenaron su lugar, y todos los recuerdos con ellos se habían ido, algunas pinturas todavía estaban allí, pero se sentía muy vacío. De repente faltaban cosas que nunca le habían importado antes, cosas que sólo ahora se convertían en oro. Ahora eran un recuerdo. Todas las peleas lo hicieron sentir dividido. La madre, a quien Erik amaba tanto, odiaba tanto ahora, si no más.

Ahora era el momento de despedir a los niños. Las lágrimas brotaron por completo las mejillas de Erik, tampoco se molestó en limpiarlas. Erik sacudiótodo, del dolor que sentía, porque eso era exactamente lo que era, tristeza. Había perdido a su familia de alguna manera, y sus hijos gritaban en el asiento trasero del coche cuando se iban. Si nunca has experimentado una despedida así, es difícil entender lo emocional que es. Erik era un hombre ligeramente aplastado. Se quedó ahí, y vio cómo sus hijos desaparecieron de él, fue como tirar del enchufe en una bañera llena de agua. Todo lo que Erik representaba, simplemente se le quedó sin él en segundos, y se sintió completamente muerto de emoción, y en este mismo momento no importaba si así,, el mundo entero había muerto. Era suficiente que su mundo hubiera muerto.

Estar triste mientras Erik se sentía completamente insensible era algo que le preocupaba mucho, y mentalmente se sentía como si su cuerpo, estaba a punto de dividirse en dos partes. Era como tener al ángel maligno en un hombro, y el ángel bueno en el otro. Qué le estaba pasando a Erik? Era extremadamente difícil sentirlo de esta manera, tenía una educación, donde se le había enseñado, para ser una persona buena y amable, pero era cualquier cosa menos lo que Erik sentía ahora. Mientras que todas las cosas buenas desaparecieron de él, se sentía como algo malo y horrendo se estaba llenando en la segunda parte de Erik.

Erik, a pesar de todas las decisiones pesadas entreél, y holasus hijos madre tuvo que perseguir su vida. Me pregunto si puedo llegar más abajo al fondo dela sociedad? Erik pensó, cuando lo había perdido todo en mi vida, sin siquiera ser el menos desordenado. Mi vida había sido completamente destrozada por muchos factores. Tal vez debería haber actuado de otra manera. Sí, es difícil saberlo, ya que ya no vi ninguna oportunidad ni futuro más brillante.

Erik tenía ahora alrededor de 24 años y ya estaba totalmente en la comunidad. Su corta edad hizo los pensamientos destructivos, comenzó a obtener un poder alrededor de toda su personalidad. Lo que eran pensamientos horribles antes, comenzó a crear una persona completamente nueva. Una persona que fue arrojada en una caparazón de plomo. Un casquillo que garantiza que a través de cualquier emoción. Erik comenzó a sentir un odio dentro de él, que inicialmente no quería salir de este cuerpo humano disfrazado de plomo. La ira

tiene una cara completamente nueva para él,
que pronto una sociedad se daría cuenta. La
misma sociedad que ha ayudado a crear a esta
persona imitada e insensible.

Capítulo 4

Erik, que apenas había tenido un semáforo en rojo en toda su vida antes, ahora se enfrentaba a una nueva vida. Una vida muy destructiva. Siempre se dice que está esperando, o la ignorancia que es difícil. Los pensamientos fueron a sus hijos a quienes él no sería capaz de apoyar. Todo se había ido. Erik se preguntó cómo podría ser tan estúpido, para que se convierta en un criminal?!

Por qué nos pasaría esto a mí y a los niños? Pensaba Erik que sombrero es el destino? Debe haber tenido sentido, aunque esos objetivos eran extremadamente imposibles de interpretar. Algunas personas piensan que se puede controlar el destino hasta cierto punto, pero es algo que Erik es escéptico cuando ve cómo ha sido su propia vida, los últimos 16 años. Qué pudo haber hecho para controlar su destino de manera diferente? Hubiera sido que Erik se saltó la parte criminal de su vida. Suena como cualquierasy cosa menos lo que era.

Si te quedas sinmuchotiempo, obtienes un futuro, ya sea bueno o malo. Sólo él podía sobrevivir. Muchos seguramente se preguntan dónde había ido la conciencia de Erik, la conciencia que comenzó a abandonarlo, y en términos de ética y moralidad lo que incluso ese párrafo terminado. El viejo ME de Erik poco a poco comenzó a difuminarse, lentamente pero con seguridad. La madre se dio cuenta de que Erik había sido muy conocido. No le gustaba lo que veía ahora. Pero, a qué se oponía tanto la madre? Según ella, ella pensó que las acciones de Erik manipulando las formas de IVA que él era culpable de crímenes, pero ahora era historia, y Erik no tenía el mismo compromiso con la familia, así que por qué mencionarlo ahora? Cuando el dinero del IVA llegó a ellos, la madre no lloriqueó. No did not creí lo que no dijiste! Erik le respondió. Entonces la madre dice que Erik trabajaba negro 100 por ciento, y eso era realmente cierto lo que ella afirmaba,, nopodía verlo como un crimen importante y se defendió con la mitad de Suecia haciéndolo todos los días, aunque ahora se da cuenta de que estos,, trabajo no declarado estaba un paso más cerca de la delincuencia. Al justificar el trabajo libre de impuestos, uno comienza a aceptar violaciones de la ley, y aunque es una forma más ligera de crimen, es, sin embargo, una introducción al curso del crimen. Suena estúpido, pero el cerebro humano comienza a aceptar lo que está mal, y Erik comenzó a mentir, tanto a sí mismo como a su entorno.

Después de todo, las mentiras son una negación que te ayuda, para que no te sientas mal, de lo que haces. Algo así como tomar una aspirina que es para aliviar el dolor, pero la verdad es por desgracia otra. Si mientes o tomas analgésicos, simplemente engañas a tu propio cerebro para que pienses que el dolor se ha ido, pero todo en la vida está conectado de una manera u otra.

Así como el analgésico se agota, es igual de seguro, que pronto tienes que crear otra mentira para poder hacer frente a tu vida, y también encubrir la mentira que has dicho anteriormente. No fue sólo la madre la que se había dado cuenta del nuevo comportamiento destructivo de Erik. No, todos nuestros antiguos conocidos mutuos, como también habían notado nuestros amigos, amigos que tenían hijos de la misma edad que Erik y la madre. No dijeron mucho al principio, porque no querían interferir, y mucho menos involucrarse.

Se sorprendieron! La madre dijo. Que estaban sorprendidos de que Erik pudiera entender, cuando conocieron a Erik como una persona amable y muy cariñosa, a una persona a la que podrías llamar en medio de la noche si necesitabas ayuda. También hubo amigos que pensaban que tenía una forma más leve de psicosis, cuando el nuevo comportamiento de

Erik era como la diferencia entre el día y la noche. No duda de que probablemente se sorprendió de cómo todo se había ido al infierno. Erik diría que era un instinto de supervivencia humana incorporado. Un instinto que se hizo destructivamente más fuerte con cada día que pasaba, y que no podía verlo él mismo, es para él en retrospectiva un pensamiento horrible, que sólo quiero olvidar, pensó Erik.

La madre sabía que Erik no pondría a sus hijos en peligro. Es algo por lo que la madre nunca culpó a Erik, pero ser un pensamiento destructivo entre semana, y luego ser padre los fines de semana, fue un desafío. Los niños a menudo preguntaban en qué estaba trabajando supadre, dad es probablemente un bastardo t criminal,, not una buena idea de inmediato, los niños eran todavía bastante pequeños, lo que significaba que no le hacían uno contra la pared con sus preguntas.

Pero tener que mentir a tus propios hijos recibidos en todos los sentidos, pensó Erik. La sensación de que había comenzado a convertirse en un mal padre, comenzó a venir arrastrándose. Un sentimiento que hizo todo para negar, ya que simplemente se hizo demasiado difícil de pensar, y Erik se sintió mal por el pensamiento. Era un buen padre que pensó mil veces. Luego oscureció su lado malo mentalmente.

Fueron los niños los que consiguieron que Erik mantuviera su nariz por encima del agua. Los niños nacieron con mala audición, y fueron lo que llamaron bebés-oído, lo que significaba muchos días en el hospital donde se iban a realizar pruebas de audición, y que más tarde llevaron a su cirugía. Les implantaron pequeños tubos en los oídos, que drenaban el líquido que se llenaba detrás de los tímpanos. Como ambos lo tenían desde su nacimiento, esto afectó mucho su habla, ya que eran básicamente sordos. La madre y Erik lo descubrieron sólo cuando veían una caricatura en la televisión, cuando casi siempre tenían la televisión al más alto volumen.

Los médicos dijeron que los niños están creciendo a partir de estos problemas, lo cual era cierto. No había duda de que los hijos de Erik necesitaban a su padre. Ellos, como dije, en varios controles de vez en cuando, pero la combinación de sunaturaleza, la vida con ser un padre disponible no era la tarea más fácil.

Al igual que muchos otros criminales, Erik
también hizo todo lo posible para ocultar el lado
malo. Y él mismo no había llegado a la
conclusión de que era un criminal, pero se veía
más a sí mismo como un artista vivo, aunque su
entorno, es decir, los parientes y amigos tenían
como dije, una idea diferente de eso. FAITH,
HOPE Y BAD CON AMOR! Sí, pueden oír por sí
mismos lo enfermo que ya sonaba, pero el
hombre es una persona de hábito, pensó Erik, y
el hecho es que después de 21 días empiezas a
acostumbrarte, ya sea algo que te guste ono,
but que es realmente cómo se encuentrael
hombre,, Erik sabía que podías reprogramarte,
para aceptar lo que estabas haciendo, a pesar de
que era puro al infierno. Erik cambió de opinión
inconscientemente, y lentamente pero
seguramente flotaba en su nuevo traje.

Como Erik solía trabajar mucho cuando estaba
activo, comenzó a inquietarse. Era otra señal de
advertencia. Erik era un adicto al trabajo en ese
entonces. Jim Onebone había programado
antes, y su experiencia podría ser utilizada. El
único problema era que no tenía trabajo. Erik
tenía mucho odio, venganza, y muchas otras
cosas dentro, que ahora de una manera más
agresiva trató de penetrar en la personalidad
vestida de plomo, en la que había evolucionado.
Era como si toda la mierda quisiera salir al

mismo tiempo, mientras que él era una persona cautelosa, así que tal vez no el ángel amable lo había abandonado por completo, pero el mal era aún más fuerte, que comenzó a notar, por Erik mirando los códigos fuente.

Jim OneBone pensó que estos códigos fuente eran raros. Es igual de desordenado e incomprensible ver un documento escrito en latín? Jim OneBone dijo.

Era como leer una masa de texto encriptada en marciano, pero a pesar de estos signos y puntos incomprensibles, Jim OneBone estaba decidido a aprender este idioma.

Erik, al principio, aprendería a entender el significado de estos personajes. Empezó a leer libros sobre un lenguaje de programación llamado C+. Un lenguaje de programación extremadamente sofisticado que más tarde se llamará C++. Esto enloqueció a Erik casi por completo cuando no entendía una mierda, pero no se rindió por ella, ya que es una persona extremadamente testaruda. Empezó a conectarse con personas que compartían su gran pasión, los datos. Cuando explicó lo que estaba haciendo, estabanmás, o menos dispuestos a llevar a Erik a LA SECCION AMARILLA,a la psique en otras palabras.

Difícilmente buscaría trabajo como programador, pero Erik tenía planes completamente diferentes sobre la misma lección sobre lenguajes de programación y quería desahogar su deseo de venganza.

Pero eso es lo que Erik pensó, y no menos importante actuó. Lo que Erik ha hecho estuvo mal. En los días en que ya no se sentía tan mal con sus pensamientos e ideas destructivas, Erik podía comenzar a pensar en cómo recibiría una venganza contra la sociedad, que sentía que lo había dejado en el. Ahora era el momento de devolver el doble.

Erik siempre ha estado muy interesado en la tecnología, y la música también ha tenido un gran papel en su vida, ya que ahora ha tocado el piano durante 29 años, pero también las computadoras han sido algo que siempre le ha apasionado, pero por desgracia no se tomó el riesgo cuando como joven músico recibió una buena oferta. No! Entonces sólo estaba trabajando con computadoras lo que importaba. Con el tiempo, comenzó a darse cuenta de lo que una computadora podía hacer por cosas efectivas. Erik vivió completamente en el análisis de diferentes sistemas informáticos, a fondo.

Capítulo 5

El frente de todos los sistemas ya no era tan interesante, ya que Erik estaba ahora muy comprometido con los corazones de los propios sistemas. Erik simplemente quería ver el código fuente de los diversos programas que ahora eranmuy, interesantes. La mayoría de los sistemas informáticos no tienen un llamado código fuente abierto, pero el código fuente era la parte posterior del frente donde todo sucedió. La parte trasera era tan interesante que Erik comenzó a leer sobre diferentes lenguajes de programación.

Este sentido de venganza era tan enorme, que estabamás, o menos obligado a ejecutar todos estos pensamientos de venganza, pero antes de que llegara la venganza, él aprendería a manejar esta arma efectiva al 100%.

Dado lo que él mismo ha estado haciendo durante casi 15 años, Erik sabe que el crimen ecológico no se basa en decisiones impulsivas.

Qué dices? Dijo Henke, que había venido a la casa de Erik, y se dio cuenta de que había nevado para vengarse, y que no podía dejarlo ir. Ahora tenemos otros problemas que sus teorías de venganza para resolver, dijo Henke a Erik. Alguien o algunos han golpeado a Anton hasta la muerte, y además de este problema, SAPO (policíasueca dela ecuridad) ha recibido algunos refuerzos con un agente McGill.

Cuando tenemos SAPO en el barco, significa que la Organización tiene grandes problemas, y no son sus problemas acerca de sus teorías, que te bifurcas! Dijo con una voz irritada a Erik, que sólo estaba mirando, e hizo que Henke cada vez más irritado, cuanto más miraba a Erik. Erik era un poco pensativo y se preguntó por qué Henke era tan embarazoso para él. Erik se preguntó, por supuesto, si Henke tenía pensamientos sobre él, que Anton perdió la vida, o Henke sólo tuvo un mal día?

A lo largo del período de enseñanza de Erik se fue en un montón de flequillo innecesario, errores que Erik tuvo que lamentar muchas veces, pero la práctica hace perfecto.

Sin embargo, se asocia con una gran cantidad de ejercicios costosos y embarazosos y renunciar a esta "rebata" no era una opción. El impulso que llevaba era fuerte y tenaz. Una tenacidad que nunca en los 15 años se ha debilitado en lo más mínimo, así que tal vez entiendas mejor lo fuerte que era su odio.

Cuando, después de algún tiempo, comenzó a entender cómo funcionaban estos diferentes lenguajes de programación, era como un veneno puro.

Erik analizó y analizó hasta que sus ojos sangraron. Durante un tiempo estaba tan metido en él, así que vio los códigos fuente justo cuando cerró los ojos. Toda esa información que recopiló, y luego comenzó a crear pequeñas aplicaciones o en lenguaje sencillo, pequeñas aplicaciones. Estos pequeños programas no tenían características importantes, pero era innegablemente una patada cuando Erik consiguió que estos códigos rodaran como un programa, aunque no tenía ningún propósito en ese momento. Empezó a hacer programas más grandes para ver si podía hacerlo funcionar, la mayoría de las veces salió limpio, pero fue sólo para continuar hasta que funcionó.

Ahora, muchos en la Organización pueden preguntarse cuál era, el punto de sentarse y tratar de hacer un montón de diferentes programas pequeños, entonces no tenía sentido en él?! La razón de esto era aprender cómo se estructuraban los diferentes programas y qué debilidades tenían.

No hayprogramas que sean 100% seguros, y Erik lo sabía. Todos los sistemas y programas tienen una debilidad, y sólo tienes que, encontrarlo. Un trabajo que consume mucho tiempo. Todas estas combinaciones existen hasta millones y son totalmente imposibles de manejar para el cerebro humano. Lo sería si la persona tiene suerte, y se las arregla para escribir la contraseña correcta, pero qué posibilidad hay? Pensé que Erik. Requiere programas muy sofisticados que recorren diferentes combinaciones. Tal programa puede tomar varios días, incluso semanas, y si es servidores más grandes que usted debe romper, puede tomar meses, pero Erik no tuvo ese tiempo.

Que Erik hizo estos pequeños programas, fue para ser capaz de obtener el conocimiento de cómo crearvirus, Erik sabe que un virus es en realidad un pequeño programa que tiene la tarea de llevar a cabo algunas acciones ilegales que ganopara crear caminos de entrada en los diferentes sistemas era el objetivo número uno. Muchos sistemas están actualmente protegidos por firewalls. Pero como dije! Todo va si quieres. Hay algunas maneras más fáciles de entrar en diferentes sistemas, pero se basa en conocer algunos requisitos previos sobre exactamente en lo que desea entrar. Erik quería ocultar esto por completo, una forma de certeza para que el autor o la empresa nunca fuera excluido de su propio producto, pero Erik quería llevar ese conocimiento a las empresas, y en el gobierno. Lo cual sería terrible. Las puertas traseras de Erik son un riesgo de seguridad que nunca el cliente sabrá. Por lo tanto, la mayoría de las empresas, y el gobierno compran un producto de empresas bien establecidas que afirman que su sistema es muy seguro. Pero no son más seguros de lo que el fabricante puede conseguir en sí mismos cuando así lo desean. Erik quería desarrollar su plan y vengarse. En el signo de la venganza.

Este plan diabólico tenía al agente McGill sospechado, pero no podía probarlo, y mucho menos empujar esa teoría, cuando ni siquiera había evidencia de ese plan. El agente McGill iba a hablar con Henke, el líder de la organización, esperando que la llevara al siguiente hilo. Ella hizo contacto con Henke. Se quedó fuera de la casa de la Organización y fue recibida por alguien de la Organización. Ella preguntó si Henke estaba allí, y él lo hizo. Fueron a buscarlo.

No estuvo mal. Said Henke, ahora incluso SAPO está de visita. Qué te hace venir hoy? Preguntó a Henke y parecía muy sorprendido.

Tengo una pequeña pregunta para ti, tal vez más aislada. McGill dijo, mirando a los otros tipos.

Está bien. Henke dijo, mirando a Bob, que estaba haciendo un seguimiento de Henke.

Sí, cuál era tu pregunta? Henke dijo, luciendo pensativo. Sí, losiento. Dijo McGill, nosotros en SAPO nos preguntábamos si había visto Erik en, en un futuro cercano? O si sabes dónde está? McGill preguntó. No, élestá ensu casa, no? Henke dijo, y preguntó al mismo tiempo si quería comer, entonces era hora de almorzar.

"Sí, había sido apropiado", respondió McGill, dándose cuenta de que era una gran oportunidad para poner a su enemigo en el camino, y cuando era el momento, lo tomaría, sin una orden de registro, y todo lo que se requeriría para tener una oportunidad como esta. Henke preguntó después de un tiempo si a McGill le gustó la comida?

Sí, fuemuy, bueno. McGill dijo. I Tengo una persona que esmuy, buena en la fabricaciónde comida, es el cocinero de cianuro que hace toda nuestra comida. En el mismo segundo, McGill comienza a toser cuando oyó cianuro. Puedes estar tranquilo, McGill. El cocinero de cianuro ha cumplido una larga sentencia de prisión, por lo que ha cumplido su condena en la cárcel. Henke dijo que se riendo. Sí, hubo algunos pensamientos con este cianuro. McGill dijo. Si hubiera habido cyanide, en la comida, ya habrías muerto, y la comida habría olido almendras. Respondió Henke, que tenía problemas para mantenerse a la risa. Después de que ambos habían comido, el agente McGill comenzó a salir de la Organización para ir a su auto. Ella no pensaba que se estaba volviendo más sabia ahora, más que comer con el enemigo. Henke y McGill se saludaron mutuamente, y luego fue de una manera.

McGill se preguntó qué estaba pasando, y estoy seguro de que Henke y varios lo hicieron con él. De hecho, nadie sabría más sobre el plan que Erik. Tanto Henke, SAPO y McGill se preguntaron qué estaba haciendo Erik o qué iba a suceder. Henke incluso había consultado con su mano derecha Bob Cole, si sabía lo que Erik estaba haciendo.

Henke, este Erik es comouna almeja y no dice ninguna mierda a nadie ni siquiera para mí ayudaBob frustrado, y se dio cuenta de que la información no se podía encontrar, a menos que Erik quiere criarlo a sí mismo.

Durante la conversación, Big Mama vino a dar cuenta de las mujeres que habían estado activas, y dar cuenta de Henke, que aprovechó la oportunidad para preguntar si había visto a Erik, o si había estado en la Organización durante la semana, pero él no lo había hecho. Henke comenzó a pensar que todo lo que rodeaba a Erik era particularmente sospechoso, ya que había perdido a su amigo que había sido golpeado hasta la muerte, pero incluso eso no había hecho que Erik quisiera hablar de ello. Les dijo hola a ellos en la Organización y abandonó las instalaciones.

Ahora Henke y Bob estaban solos en la Organización y podían hablar en privado. Bob también quería saber cómo estaba todo conectado. Har estaba frustrado por la información que no fue comunicada por Henke. Erik no quiere decírmelo. Henke dijo. Qué debo hacer? No puedo sacar not agua de una roca. Hubo un intercambio de palabras entre Henke y Bob.

Bob pensó que Henke debería bombear información del agente McGill, pero Henke no lo creía. Los agentes son un gran pueblo, y que McGill puede molestar a una mosca si quiere, con sus contactos, así que Henke no creyó ese pensamiento.

No, este es un caso para Bob. Henke dijo, mirándolo. Quizás, respondió Bob, sonriendo a la situación que prevalecía.

Vete, Bob, investiga en quéeresbueno. Henke dijo.

Bob se dio cuentabastante, rápidamente que esta misión sería difícil de cumplir, con un buen resultado. Bob se fue enseguida.

Henke tenía pensamientos de lo que Erik estaba haciendo.

En otra parte del país, Erik se sentó y se preparó para su venganza, que era un plan diabólico, y que hará daño a muchas personas y negocios, pero Erik no le importaba queimplementara el plan y luego alguien es atrapado no da, unamierda, Erik, era sólo para ser capaz de completar la venganza que estaba pensando. Un conocimiento que quiere aprovechar en la oportunidad, y que espera que llegue pronto.

Erik está buscando un sistema operativo que muchas personas y empresas utilizan en su vida cotidiana. El hecho es que cada licencia de un sistema operativo tiene una serie, y cada serie de estos sistemas operativos tiene una clave de oro. Esta llave de oro no le dice al fabricante acerca de, pero Erik sabe que es así.

Es tan malo, que se puede descargar fácilmente estas claves de oro a través de Internet. Tan seguro, nunca puedes serlo cuando usas una computadora en tu vida cotidiana. Como me dijo, el hombre no puede manejar, o combinar todos estos millones de contraseñas y nombres de usuario diferentes. Por lo tanto, su objetivo era crear diferentes tipos de pequeños programas, o virus como una persona común lo había percibido como. Entrar en el ordenador de otra persona era un requisito previo para poder vaciarlo de su información más importante.

Capítulo 6

Para, que Erik pudiera reunir información, tuvo
que pasar desapercibido a través de Internet,
que al principio no era una coincidencia fácil, ya
que Internet consistía en conexión a Internet a
través del teléfono regular. Como la mayoría de
la gente sabe, esto significaba que tenía que
llamar a un número de teléfono, un llamado
número de grupo de módem, y muchos no
tenían el sistema AXE conectado a su teléfono,
lo que significaba que sólo podía ser uno en la
línea. En los hogares de muchas personas tenías
que desconectarte para poder hacer llamadas
regulares, lo que resultó que no hacía tan fácil
entrar.

Erik llevó a cabo muchos ataques por la noche
cuando la mayoría estaban dormidos, pero luego
fue el siguiente problema a resolver. La gente a
menudo apaga sus computadoras por la noche,
y conocían a Erik. Hoy en día, con la banda
ancha, las computadoras suelen estar
encendidas las 24 horas del día, cuando muchas
películas y música en casa por la noche. En la
vieja era de los hackers, era la piratería que valía
la pena la palabra y entonces realmente tenías
que trabajar para poder entrar en un sistema.
No como hoy, cuando hay un montón de

herramientas ilegales en línea para descargar. Herramientas que el propio Erik tenía que desarrollar si podía entrar en diferentes sistemas.

Con el conocimiento que tiene hoy en día, y con los programas modernos y sofisticados que existen para admitir, Erik sería un peligro extremo para la sociedad, ya que era una persona vengativa que hizo grandes daños en varios sistemas.

Erik hizo que los sistemas entraran desapercibidos. Simplemente tenía que conseguir un archivo en, el ordenador del usuario, con el fin de encontrar cierta información que haría posible esta intrusión. Mediante la creación de un virus, que es una forma de un caballo de Troya, que es una cosa desagradable real para entrar en su ordenador, Erik esperaba que este tipo de archivo se activaría. Creó el archivo que programó en este archivo, y que se activa mediante varios comandos del propio usuario. Al mismo tiempo, no quería que este usuario sospechar de cualquier mal en este archivo, (el virus) por lo que creó comandos de activación simples. Un clásico fue que enviaste un correo electrónico.

Cuando el usuario vio el correo electrónico y presionado para abrirlo, se le ocurrió un signo con el texto, desea abrir este correo electrónico, ya *que puede contener archivos maliciosos que podrían dañar su ordenador. Por supuesto, el usuario no quería* hacer esto, que se calculó fríamente, y eso era exactamente la cosa, que el usuario presionaría el botón NO. El botón fue programado para significar Sí. Esto sólo apareció en el propio código fuente. En el signo que el usuario vio, era como de costumbre,, Erik quería que el usuario creer que interrumpió la apertura de ese correo electrónico en particular y así es como parecía que no se abrió ningún correo electrónico, pero ahora el virus en sí se activó en segundo plano. Lo que el virus haría depende de la persona que creó el virus.

La mayoría de las veces fue como dije para encontrar contraseñas importantes, u otra de valor para el hacker. Muchas horas se sentó a hacer un pequeño programa de trabajo, y en esa etapa había mucho acerca de las patadas. Estaba tan en la comunidad e hizo casi cualquier cosa.

Quería sentirse vivo, pero las patadas se agotan, y Eriktiene, para hacer cosas peores todo el tiempo para mantener esa sensación de patada. Cuando usted unre en el comienzo de su carrera dehackers, usted consigue gateando allí también hasta que se puede caminar, lo que significa que could no hacer virus agresivos, al principio. Los virus se pueden dividir en dos categorías, agresivo y virus basura. Conel finde entender cuál es la diferencia entre estos dos virus, se puede decir que los virus agresivos pueden borrar todo su disco duro, mientras que un virus basura sólo puede presentar signos que dicen que SU UNIDAD DE DURO ES ERASED.

Un virus basura es inofensivo, pero pueden ser extremadamente molestos, ya que también pueden vomitar 100 de pop-up que se puede obtener una pequeña rotura en, pero que pueden, no hacer daño directo a su ordenador. Lo sería si el virus basura está programado para ser capazde iniciar una, gran cantidad, de programas y el ordenador está en malas condiciones, tal vez entonces, pero por lo demás completamente inofensivo.

Erik, como todos los demás, estaba investigando cómo producir virus tan agresivos como sea posible. Cuando una vez comenzó, había como máximo 50 a 70 virus que fueron lanzados a través de Internet al mes, aunque ahora hay mucho más. Se estima que se liberan de 400 a 800 virus al mes. Aunque ha aumentado tan dramáticamente, sólo unos pocos por año se oyen de, y que han causado grandes daños.

Qué quiere decir Erik con eso? Bueno, es
extremadamente difícil crear un virus que
penetre en todos los sistemas de seguridad, y
que a su vez crea grandes daños.

Aunque sabía que era extremadamente difícil
con estos virus, nunca se rindió. Erik no sabe si
fue sólo la patada que lo llevó?! Hubo largos
períodos entre mis hijos madre y mi separación
y mi progreso en los datos. Pero claramente, fue
el odio lo que fue la fuerza motriz para Erik.

Empezó a hacer cosas dentro de un circuito
Nerd cerrado, lo que creó muchos rumores. La
gente a su alrededor, que también estaba en la
misma industria destructiva, vio que Erik estaba
haciendo cosas geniales. Ser capaz de entrar en
el ordenador de otro era en ese momento cosas
pesadas, y cuanto más se desarrollaba Internet,
más redes estaban en el menú. Era casi como
Nochebuena todos los días.

A medida que Erik se volvió más hábil en el
campo, las órdenes se volvieron cada vez más.
No había mercado de virus, no en este país, pero
ser capaz deabrir, hasta varias acciones que
estaban en línea, había toda la mayor demanda
de. Erik quería conseguir un nombre para sí
mismo en ese mercado, y sólo había una manera
de conseguirlo. Un buen trabajo podría ser
averiguar dónde estaban las cosas, por ejemplo,

en qué puerto, en qué contenedor estaban estas mercancías, y luego fijaría las notas de envío haciendo las falsas. Asíque, antes de que se pudiera hacer un trabajo, había mucha preparación en todos los niveles. Sólo arriesgarte no era una opción cuando tienes la aduana o la policía en el culo.

Durante el llamado año de entrenamiento de Erik, cuando se enteró de cómo funcionaban los sistemas, hubo muchas faltas que hizo, se perdió un gran uso cuando yo trabajaría en modo agudo. Una vez que Erik estaba en posición aguda, no había lugar para tales errores. Trabajó para ser invisible, para poder trabajar en paz y tranquilidad. Unos minutos podrían ser un día festivo. Por lo general era muy sudoroso, y Erik siempre tenía que tener un segundo plan, si era necesario, o pasó a poner sus huellas en su sistema. Por supuesto, siempre dejaste una impresión cuando estás en el mundo digital y te mueves, pero la pregunta era qué impresiones poner allí.

Cuando Erik se inmiscuye en los datos de otro, o en una red que incluye varios ordenadores, deja una huella en su sistema. La pista que siempre deja es el número IP de su ordenador que se puede rastrear, y para evitar el número de IP dejando rastros que conducen directamente a usted, muchos utilizan una falsificación, lo que significa que el número de IP que se convierte en la huella misma, a continuación, conduce a un ordenador completamente diferente, en un país diferente, que donde se encuentra. Cómo hacer esto, no es exactamente un secreto.

Erik simplemente utiliza un pequeño programa, que manipula el número IP del ordenador del cliente. Mediante el uso de este programa, el ordenador del cliente pasa a Internet a través de otro ordenador. En lenguaje especializado, un servidor de este tipo se llama servidor proxy, que en la práctica es bastante simple. Simplemente navega a través de la identidad de otro ordenador. Una vez que haya infringido los sistemas de otras personas a través de esta manera, es muy importante utilizar un servidor proxy que se encuentra en un país que no coopera con ese país, porque si las autoridades tuvieran la capacidad de rastrear este servidor proxy, pueden solicitar desde qué país, y qué número de IP está en el servidor. Es decir, cuál es el número IP real. El número de seguro social de tu computadora. Por lo tanto, es extremadamente importante elegir cuidadosamente qué servidor proxy está utilizando, ya que esto puede serabsolutamente, crucial al final. Si eliges un país queno libera tus tareas, puedes hacer algunas cosas divertidas. Que de esta manera no es lo más definitivo, lo entiende Erik.

Sin embargo, cuando el cliente tiene esto como un trabajo, usted necesita hacer mejores intrusiones de lo que muestran los ejemplos anteriores, cuando se trabaja con el control, y no con confianza. Hay, como dije, algunas reglas básicas con las que todos los hackers trabajan. Descubrir es casi siempre, pensó Erik, pero a donde lleva, es un asunto completamente diferente. Se trata del router de banda ancha que tiene el cliente, que ahora tiene banda ancha en lugar de un módem telefónico tradicional. El mercado vende estos routers avanzados. Una mejor que la otra, y con muchas características que la gente común no tiene la menor idea de lo que van a ser, lo que crea un gran peligro general para estas personas, y no menos importante, para la información que almacenan sus computadoras. No hay duda de que estos routers están mejorando todo el tiempo, y con la nueva tecnología la gente común también debe ser advertida más claramente. Los fabricantes dicen que es sólo para conectar su router, por lo que está claro. Erik sabe que la mayoría de los routers están en default, lo que significa que el usuario, el, nombre, y la contraseña son los mismos en todos los enrutadores de ese fabricante. Muchos también utilizan redes inalámbricas, que actualmente soportan la mayoría de los nuevos routers, y esto representa una amenaza aún mayor cuando el router está en modo de fábrica,, los fabricantes de some han desactivado la característica inalámbrica particular cuando el router está en ese modo, y ya que muchos,, navegan de forma inalámbrica hoy en día, habilitan esa función. Erik sabe que la situación es tranquila y que todas las puertas están abiertas. Muchos tienen una red inalámbrica no segura, y muchas personas no se lo toman más en serio. No, puede que no tengan ninguna información importante en la computadora, que se perderían si desapareciera, pero si supieran que podrían ser sospechosos de una intrusión ilegal en un banco, y eso es exactamente lo que Erik sabía, y veía el incidente como un activo de venganza. Porque exactamente ahora mismo, Erik se pone de pie y aplaude, crímenes que usted no es consciente de, y lo peor es que no se da cuenta. Si tienes suerte, el hacker es hábil, y tal vez te protegerá también. Pero probablemente no. Erik conoce este conocimiento y se da cuenta de que su debilidad es su fuerza.

Erik obviamente tomó otra computadora cuando salió. Pero élestá sentado con una laptop. Luego encuentra una red inalámbrica. Es importante destacar que el portátil que está utilizando debe ser un equipo llamado limpio. Lo que significa que el sistema operativo Windows no debe estar registrado a nadie o cualquier cosa que pueda derivar a usted, y lo que es más importante, usted no tiene un archivo, o cualquier otra cosa que podría deducir a usted personalmente.

Una vez que haya cumplido estos elementos básicos, debe encontrar un servidor proxy seguro para navegar de forma segura. Al utilizar una red inalámbrica, de la que otra persona es la propietaria, usted apunta a las sospechas directamente a esa persona. Por lotanto, Erik hackea la red de otra persona y una vez dentro de la red, comienza a navegar, y ahora tiene un servidor proxy que manipuló el número IP de su propio ordenador (número de seguridad social de la computadora). Ahora, cuando usted unare-navegación a través del ordenador de la otra persona, significa que unre usarlo comoun HOST. Incluso ahora, tienes una protección decente. Pero como dije! No trabajas en la confianza de que trabajas con el control. El equipo host hackea al menos 3 computadoras adicionales. Una vez hecho esto, es el momento de hacer el ataque al objetivo. Sólo para hacer esto un poco emocionante y más interesante, a continuación le hablará sobre un ataque completo a una empresa más grande. La compañía tenía un gran músculo financiero y lo más banal de esta empresa era que estaban haciendo negocios de TI, lo que se convirtió en un desafío aún mayor para entrar. No fue un gran trabajo, y al mismo tiempo no quiero decir que fue fácil tampoco. Pero todo es simple cuando se puede, independientemente de la industria.

Erik había estado investigando en la empresa durante mucho tiempo, y al hacer varias consultas sobre los diversos productos de la compañía, probó tanto para llenar sus formularios web, como que envió correos electrónicos ordinarios a la compañía. Erik rápidamente descubrió que sus formularios web eran cualquier cosa menos seguro, ya que muchos tenían graves defectos de seguridad. Estas deficiencias de seguridad hicieron posible controlar dónde aterrizaría la solicitud, pero reorientar todo su cuestionario se notaría fácilmente. Entonces Erik simplemente creó una copia de todos sus correos electrónicos de estos cuestionarios. Estos no se podían notar si no entraron en las estadísticas del servidor de correo. Sólo entonces sería capaz de ver que ha habido muchos correos electrónicos basados en su servidor de correo. Pero como no parecían hacer esto, Erik podía continuar sin perturbaciones en la obtención de los correos electrónicos. Entonces, qué podría sacar razonablemente de esta información? Como Erik nos dijo antes, las palabras clave para el éxito son precisión y control. En el momento en que piensas en la palabra confianza en este punto, simplemente estás.simplemente fumado, y luego puedes darte cuenta de que estás en el negocio equivocado. La confianza es una palabra con la que no hay éxito en esta industria.

Otro error común que muchos comen o sufren, es la codicia. Al hacer demasiada interferencia en su negocio, mayor es el riesgo de ser descubierto. Uno se centraría en tomar un poco, y por muchas compañías diferentes en su lugar, pero sentarse con los dólares de una empresa redirigiendo a través de su propio teclado al destino deseado, parece casi irreal. Se requiere mucho más trabajo básico antes de que esto se pueda hacer en absoluto. Pero llegaremos a eso más tarde.

A través de varios diálogos con la compañía, Erik fue capaz de conseguir las personas clave que podrían sentarse en contraseñas importantes y nombres de usuario que podrían ser buenos para adquirir, pero para discutir con una empresa que se vacia de dólares y otros objetos de valor, requiere un cierto talento actoral. Erik no quería despertar sospechas entre la compañía, por lo que al jugar útil contra la compañía fue capaz de encontrar a las personas que administraban páginas web y servidores. La forma más fácil es abrir, un diálogo. Erik pasa por el sitio web de la compañía para encontrar de todo, desde errores tipográficos en su sitio u otras averías. Estos posibles errores sonmuy, agradecidos a las empresas por descubrir, ya que los sitios web son la cara pública de las empresas a los clientes. Una empresa seria no quiere tener mal funcionamiento en el sitio web, e incluso una gran cantidad de errores tipográficos en una página de este tipo da una impresión menos seria en un cliente. Podría percibirse como si el personal o la empresa no pudieran deletrear, y el hecho es que una empresa no es más fuerte que el eslabón más débil. Al enviar correos electrónicos a la empresa sobre estos errores, Erik llegó a la persona correcta dentro de la empresa,, Erik envió deliberadamente correo a la persona equivocada en la empresa,, sobre este error o problema en particular,, larazón de esto fue que el personalque, por ejemplo, trabajó con el servicio de atención al cliente no podía ver lo

que era aplicable al sitio web, pero muchas
gracias por Erik siendo útil al llamarles la
atención sobre el error, y que nos remitieron a la
persona correcta. Erik simplemente obtuvo el
nombre de la persona correcta, pero a menudo
fue que también enviaron con la dirección de
correo electrónico de la persona en el correo
electrónico de información.

Capítulo 7

Para el servicio de atención al cliente era sólo un caso normal, para responder al cliente que envió el correo electrónico, pero no para Erik. Por el hecho de que las respuestas provenían de las diferentes personas, así fue capaz de dividirlas en las diferentes redes, así como a qué grupo de trabajo pertenecían, y de esta manera Erik podía aislar fácilmente a las personas que eran importantes. Muchas grandes empresas tienen un departamento de soporte, pero eso no significa que estén en la misma habitación, o incluso en el mismo lugar. Por lo tanto, este aislamiento era importante para que Erik pudiera atacar fácilmente el ordenador de la persona correcta. Después de todo, esta industria no es conocida por dar una segunda oportunidad si fracasó. No! Había reglasjustas y simples en vigor en esa área. Erik simplemente simplemente EN & OUT, Asíque, de esa manera era bastante,, sencillo. Cuando diseñó las diferentes redes, y la IP conectada - no. con la computadora de cada persona, comenzó con el siguiente paso. Erik tuvo que empezar comprobando si todos estos números ip estaban activos enviando una llamada a su IP no. En lenguaje especializado, se dice que usted hace ping a un ordenador, o más bien un NO IP. Es el caso de que todos los equipos que están en las redes están protegidos por una gran cantidad de enrutadores y firewalls.

Cuando Erik envía llamadas a estos cortafuegos, se convierte en cross-top, que se incluye desde el principio, pero a través de diferentes programas se obtiene el tipo de firewall contra el que luchas, y por lo tanto puede comenzar el trabajo de el cortafuegos. Romper un cortafuegos es como jugar a la lotería. Nunca sabes cuánto tiempo tomará antes de recibir un pago. Es un proceso de aplicación que debe bucle todas estas combinaciones como puede ser. Mientras los bucles están en curso, asegúrese de trabajar en la preparación de cómo y dónde enviar estos efectivos o bienes de capital. Una regla básica que NUNCA debe comprometer, es figurar de la menor manera, independientemente de si es casi inofensivo. El control prevalece.

Al apuntar a lascosas, se ha añadido, debe ser enviado, o depositado en una cuenta bancaria en países que no proporcionan información a Suecia de ninguna manera. Cuando usted está activo en esta industria, ya tiene un montón de empresas extranjeras. Las empresas que no son del Estado sueco tienen la más mínima oportunidad de llegar con el brazo de la ley. Depositarlo en Suecia sería como un trabajo deshecho, incluso si usted no lo pone en ninguna cuenta que le llevaría personalmente, por lo que, por supuesto, debe conducir a alguien que a su vez debe retirar el dinero. Entonces lo tienes, que llamas un eslabón débil. Porlotanto, no es una buena manera, entonces usted iría constantemente y preocuparse acerca de cuando esa persona se filtraría (gossip) información. Incluso podría haber presión de esa persona si quisiera conseguir un pedazo más grande del pastel. Si no consiguen una parte más grande del pastel, tal persona podría gotear, sólo para fijarte. La codicia es una enfermedad peligrosa con la que Erik nunca ha negociado.

Para conjurar grandes sumas se asocia con grandes problemas y mucho trabajo, por lo tanto la organización utilizó Big Mama, que también se llamaba Goblin kid, que tenía el control de estas figuras cuando gobernó sobre todas las mujeres de lujo, era una manera muy inteligente de obtener el control de tales sumas de dinero. Bob Cole cree que está siendo lavado un montón de dólares, lo que le dice a Henke, pero todavía no lo ve tan raro. Muchos usaron a un llamado portero para sacar el dinero. Un portero es una persona que establece una cuenta bancaria y toma el golpe cuando vienen los policías, pero la organización tenía "Goblin kid". Personalmente, Erik estaba tan marcado por lo que había sucedido antes en su vida, lo que significaba que no confiaba en nadie, ni siquiera en su propia reflexión, ya que podía ser intervenido.

Erik y Jim OneBone hicieron pequeñas aplicaciones (pequeños programas) queabrirían, hasta varias tarjetas de crédito ficticias. La creación de una tarjeta de crédito tarda entre 10 y 15 segundos y, a continuación, se puede usar por completo. Por lo tanto, puede intercambiarlo a través de Internet sin el más mínimo problema. Hacer tarjetas de crédito era menos problema. Que saber a dónde enviar el dólar. Bastante patético cuando muchas personas no saben cómo reponer sus cuentas, pero como Erik siempre dijo a lo largo de su tiempo activo como un criminal, que el problema no era cómo acceder al dinero. No! Más bien, era cómo enviarlos, y cómo mantenerlos a salvo sin ser invasión con las autoridades en la cobertura. Ambos crearon de 20 a 30 tarjetas de crédito diferentes para poder hacer muchas compras a medias importantly, utilizaron diferentes números de tarjetas de crédito y también utilizaron diferentes proveedores de tarjetas thus, hicieron algunas tarjetas con características de Visa y algunas

Mastercard. Cualquier cosa por ella se vería perfectamente normal. En principio, los números de tarjeta en las cantidades máximas podrían ser utilizados, pero por qué utilizar límites máximos, entonces sólo se basa en un cheque más del proveedor de la tarjeta. Uno no debe abrirse una pieza demasiado grande, como se la llama tan sabiamente.

Una vez que el cortafuegos se agrietó, fue sólo para plantar un pequeño archivo que averiguaría en qué DIRECCIONes entró el personal responsable. Una vez que el archivo estaba en su lugar, era sólo una cuestión de retirarse, y unos días más tarde ir a descargar el archivo que almacenaba la información que Erik quería superar. Llaman a estos virus spyware, y eso es exactamente lo que era. El programa era sólo la tarea de grabar las pulsaciones de teclas que la persona hizo. Por lo tanto, era, muy,, fácil de ver dónde estaban navegando, qué contraseñas y nombres de usuario que utilizaba el personal autorizado. Una vez que ambos habían recibido esta información, comenzó el siguiente paso.

Ahora pasaría desapercibido tomar el control de los servidores de correo electrónico, con el finde poder sacar cualquier advertencia de las compañías de tarjetas de crédito. Mediante la creación de nuevas direcciones de correo

electrónico y el reenvío de correos electrónicos
importantes, que podría hacer que la empresa
sea sospechosa. Al acceder a estos servidores de
correo electrónico, se utilizó la última vez que
accedieron a estos servidores de correo
electrónico. Si sabe cómo funciona un servidor
de correo electrónico, también sabe que estos
suelen utilizar puertos estándar. Los puertos
como 25 y 110 son los llamados puertos
estándar. Una vez en este servidor, Erik tenía el
control del 100 por ciento del correo electrónico
de la compañía. Este paso fue sólo un paso
preparatorio, pero también una llamada copia
de seguridad adicional si algo va mal.

Este control del correo electrónico podría
ahorrar minutos, minutos cruciales, tan cruciales
que este control siempre se llevó a cabo. Ahora
uno puede preguntarse si las compañías de
tarjetas de crédito no tienen un teléfono regular
por lo que podrían así llamar y advertir sobre
estas compras, que eran directamente ilegales.
Absolutamente podrían, pero la cosa es, que la
responsabilidad de la compra adecuada se
comparte entre tres partes diferentes. Es decir,
la empresa que vende los productos tiene
obligaciones de ser seria. Lo que significa que la
empresa debe estar limpia de irregularidades
en, para poder utilizar este servicio de la
empresa, que instala estos sitios de compras en

línea. La empresa que abre,, las tiendas web garantiza que garantizan pagos seguros a través de la red contra las compañías de tarjetas de crédito. Por lo tanto, esto normalmente toma muchos días antes de que esto sea descubierto. Debido a que todas las empresas quieren proporcionar al cliente con soluciones simples e inteligentes, se abre,, hasta estas estafas, y por el hecho de que estas soluciones inteligentes son administradas por ordenadores, se puede manipular estos sistemas. Para empezar es seguro! El ordenador es una máquina lógica. Si no hay ningún obstáculo, realice la solicitud de ordenador. El registro y el correo electrónico saliente se sienta en un buen arma, y con este cheque fue fácil eliminar todas las cuentas de correo electrónico, lo que habría hecho aún más difícil para la policía y la empresa investigar el crimen.

Está demostrado que como persona sólo lees las primeras letras de una palabra, y luego el cerebro conecta la palabra en sí. Al explotar esta manipulación, era fácil crear direcciones de correo electrónico similares en los propios nombres de dominio de la empresa. Luego ven que el correo electrónico proviene de su propio servidor de la empresa, que es el nombre de dominio de la empresa. Así que, nada extraño, pero algo que creó un gran éxito fue leer el correo del gerente más alto. Sobre todo, los correos electrónicos salientes que el propio gerente escribió. La razón era aprender el vocabulario de esa persona cuando un correo electrónico de este gerente podría ser revelado escribiendo los tipos equivocados de oraciones. El hombre es, como dije, una persona habitual y una inconscientemente usa el mismo tipo de palabras u oraciones, y eso fue lo que podría hacer posible la venganza de Erik todo el tiempo.

Desarrollas tu propia forma de escribir. Tal vez ese jefe está sufriendo de un problema de estaca. Entonces un correo electrónico sin un error tipográfico sería absolutamente devastador, especialmente si el gerente ha enviado previamente por correo electrónico a la persona en cuestión que ahora explotaría. El gerente de ventas fue golpeado cuando era más interesante para obtener el control de. Esto le permitiría comprobar si cualquier empleado con menos poderes pediría o simplemente haría una muestra en el sistema que llevaría al empleado a hacer consultas con el gerente de ventas si pensaba que la compra se debe hacer. Este enfoque se utilizó principalmente a la hora de pagar una factura.

Todas las formas de fraude se basan en manipular de una manera u otra, y si alguien lo sabía, era Bob Cole, y no ser capaz de confiar en una persona lo hizo más paranoico con la visión de Erik de la teoría. Erik estaba seguro de que los ejemplos se aprovechan de los defectos humanos.

A medida que los humanos leen tu cerebro al menos de 3 a 4 palabras en 0,25 segundos, lo que significa que incluso si fueras a leer más despacio sonando la palabra, tu cerebro no traería más información para ello, la teoría de Erik fue cuidadosamente pensada. Por lotanto, una debilidad en el hombre, y la debilidad es en lo que el fraude se basa básicamente, proporcionando poca y buena información, pero no completa. Si la información fuera completa y correcta, la infracción no habría sido posible.

Erik sabía que con sólo elegir las gemas de un fraude, corre el riesgo de ser expuesto muy temprano, cuando a la gente no le gusta cuando todo es demasiado bueno. No! Es importante como en la vida real, equilibrar y crear una mezcla de buenas y malas condiciones. La mayoría de la gente se aferra a la esperanza. El fraude se basa generalmente en que la víctima hace algún tipo de ganancia financiera. Al presentar un acuerdo, es importante presentar papel elegante y preciso. Los papeles deben ser tan buenos, así que son básicamente mejores que lo que serían los periódicos originales. Erik debe ser capaz de dar a la persona vulnerable la oportunidad de controlar la información que él mismo presenta. Erik y Jim OneBone tenían algún tipo de contacto bancario u otro tipo de referencias. Jim OneBone es un viejo eco-pro, y fríamente espera que sus datos sean revisados en las costuras.

Por supuesto, esto no es un problema, ya que el paquete que presenta es ajustado y cuidadosamente planeado. Al vivir de esta forma de trabajo, es extremadamente importante que usted sea competente en el campo, cuando la falta de conocimiento podría revelar su negocio. Se pueden planificar muchas cosas, pero ciertamente no todo. Ciertas cosas como las preguntas directas de los vulnerables siempre deben ser capaces de ser tratados de una manera tranquila y bien leída. Nunca debes perder la cara sin importar qué clase de pregunta venga. Nadie es tan bueno que tengas respuestas a todas las preguntas posibles. Pero incluso eso se ha previsto al tener respuestas de acción. Podrías decir que deberías comprobarlo de inmediato. Así puede ser como se puede llamar a un banco extranjero, y como ya tiene empresas extranjeras, también tiene un contacto bancario extranjero. Ahora es una cuestión de convencer realmente al cliente de que usted está llamando al banco extranjero como dicen que deben hacer. Le preguntas al cliente, por ejemplo, si puedes pedir prestado su teléfono de casa, si está bien, que haga esta llamada porque será caro llamar vía móvil, por supuesto que puedes llamar desde su teléfono residencial. Usted llama y pide una persona que pueda responder a las preguntas que la víctima pueda tener. Cuandoentres, en contacto con este banquero o mujer, di "Hola" y pronuncia el nombre del banquero alto y claro para que la víctima tome nota del nombre.

La razón de esto es plantar una semilla, así como para dar una impresión seria, cuando la persona vulnerable tiene una sensación directa de que esto es real. La razón por la que realmente llamas, y que usas el teléfono de la víctima es porque quieres darle a la persona la oportunidad de presionar la llamada cuando la has dejado, o que en un momento posterior podrían revisar su factura de teléfono en donde llamaste. Luego obtenían información que confirmaba que estaban llamando al banco, y cuánto tiempo estaba pasando la llamada. Se anticipó fríamente que el cliente llamaría al banco, y comprobaría si el empleado del banco existe, por lo que se convirtió en una cuestión de curso. El trabajo que se está llevando a trabajar se puede describir como la construcción de una casa. Empiezas con la base porque es un requisito previo para el éxito. Pero, sin embargo, dejamos el caso por un tiempo y volvemos a la compañía.

Cuando tienes que manipular a una persona de forma segura,tienes que tener una piedra base. Esta piedra de fundación se basa en algunos hechos, y documentos que la persona al principio recogió cuando se presenta el trato, y sus tareas tendrán un significado muy grande. Nos ponemos en contacto con la empresa de TI para hacer una presentación detallada de nuestra empresa y lo que defendimos. Después de dejar hechos básicos como el número de registro de la empresa y el nombre de la empresa, ahora era el momento de dar la impresión de que sólo queríamos comprar algunos equipos de cómputo para nuestra empresa. Declaramos de inmediato que era sólo una pequeña inversión de unos 30 ordenadores y pantallas. Lo cual no es muchas compañías, simplemente ordenando así de arriba a abajo. La psicología inversa se trataba de.

Cuando un vendedor se entera de estas cantidades, se vuelvenmuy, interesados ya que esos vendedores a menudo van en el salario de una comisión que se basa en cuánto venden. Una vez recibida la atención del vendedor, es necesario asignarle tareas que fueran de interés directo para dicho vendedor. Erik pensó que era una forma de una presentación mental, que era corta y concisa. Al pedir su dirección de correo electrónico, usted podría enviar rápida y fácilmente algún tipo,, de estados financieros, gráficos financieros,, o una presentación de diapositivas. Al esperar al mismo tiempo a que este vendedor recibiera el correo electrónico, se podía discutir lo difícil que era el mercado, cuando había muchos competidores, y a través de estas discusiones el vendedor se hizo consciente de que Erik sabía de lo que estaba hablando, y hizo que este vendedor estuviera aún más interesado en enviar una cotización lo más buena posible a nuestra empresa.

Sabía que la gente tiene deficiencias extremas cuando se trata de manejar mucha información al mismo tiempo. Una persona no puede manejar una presentación de diapositivas en movimiento mientras recibe información oral. Con el fin de bloquear esta información que el vendedor vio en su pantalla al mismo tiempo, Erik habló de cosas similares al vendedor por teléfono, pero demostrablemente que la información desaparece de la persona dentro de 15 a 20 segundos. Mamá Grande lavaba grandes sumas de dinero, y con la mala memoria de una persona, podría ser capaz de hacer que la venganza funcionara. A menos que Erik lo regañe varias veces. La información que es todo de dos maneras diferentes al mismo tiempo, aparece sólo cuando, por ejemplo, se lo recuerda, porque la memoria a largo plazo del cerebro se activa, y la persona recuerda lo que se ha dicho anteriormente.

Ahora uno podría preguntarse por qué Erik pone tanta energía en un trabajo así. Lo hace para no "ir allí" después del golpe, cuando todo sale a la superficie porque entonces el golpe no será mejor que el eslabón más débil. Erik no quería exponerse a estos posibles problemas, porque cuando se trata de ese tipo de negocio, es como un ECG, es decir, puede balancearse rápidamente en la dirección equivocada, pero con un acuerdo cuidadosamente planeado es imposible de probar, entonces la ley es clara en este punto. Es un trabajo del fiscal probar que se ha cometido un crimen, pero con esa planificación es extremadamente difícil para un fiscal probar. Un fiscal también tiene su deber de objetividad de tener encuenta, lo que significa que el fiscal también debe tenerencuenta, en cuenta si algo en el caso habla en el sospechoso.

Una vez que Erik recibió la cotización, fue sólo para enviar una confirmación a la empresa, que aceptan su cotizacióny, también confirmar dónde enviar el equipo. En cuanto a la confirmación en sí, utiliza a su secretario, a quien ha empleado dentro de la empresa. Envía un correo electrónico al secretario, pidiéndole que imprima la confirmación y luego la envíe por fax, que es una forma común de confirmar un pedido. La secretaria de Erik, que no sabe lo que está pasando, y que es básicamente una secretaria contratada para el golpe, es la firma. Firma escribiendo el nombre de Erik con su propio nombre. Entonces,, el nombre del Director Ejecutivo está en los periódicos, pero la hermana está firmada por el secretario. A continuación, elimine el correo electrónico que envió al secretario yendo al servidor de su propia empresa. Por lo tanto, ningún pedido ha venido del CEO responsable al secretario, y por lo tanto ha creado una duda, ya que no ha demostrado ser el CEO quien firmó el pedido, que fue por fax a la empresa de TI.

Entonces un Fiscal debe probar que se ha cometido un crimen. O fue una mala conducta o un malentendido? No hay forma de probarlo. Por lo tanto, un tribunal no puede pronunciarse, ya que no está fuera de toda duda que se habría cometido un delito.

Una vez que la persona había confirmado el pedido como arriba, el trabajo fue básicamente completado. Cuando el pedido llegó a la dirección de la empresa, todo lo que tenía que hacer era entregarlo al cliente. Ahora Erik had para hacer el proceso al revés. Se dio atrás de las redes que utilizó como anfitriones, y donde utilizó sus identidades thus, Erik mismo no pudo ser revelado ya que su propio ordenador nunca existió,, in el final Erik hizo lo que era muy importante he sacó el disco duro de la computadora y lo destrozó en mil piezas.

Muchos creen que sólo se podía formatear (vaciar) el disco duro un par de veces, y que toda la información que estaba disponible en las diversas intrusiones, sería sin dejar rastro. El estado tiene muchos programas caros y sofisticados para ser capaz de recuperar la información de datos eliminados, pero al romper el disco duro estaba completamente libre de riesgos. Cuando había roto el disco duro, era sólo para extender las piezas en diferentes lugares, y si Erik había dejado un disco duro roto, tal vez pequeños fragmentos de datos podrían ser recuperados. Si es un riesgo improbable que esto suceda, Erik trabajó con el control.

Para volver a la preparación, nunca puede ser demasiado minucioso. Por supuesto, la necesidad de control se vuelve casi morbosa. Pero no fue nada en lo que el propio Erik reflexionó como si se sinrara como una seguridad. Al no confiar en nadie, descarta cualquier riesgo de que alguien sea capaz de revelar lo que Erik está haciendo.

Capítulo 8

Para ese dicho: Si *una persona lo sabe, nadie sabePero,* si dos personas *lo saben, entonces todo el mundo lo sabe. Al decirte a ti mismo constantemente que nunca podías confiar* en nadie, la vida se sentía sola, pero Erik se acostumbró a ello, cuando eligió vengarse de la sociedad y de cualquiera que se interpusiera en el camino de esta venganza. Muchos criminales han intentado hacer lo que Erik ha estado haciendo durante 15 años, pero sólo un puñado de personas han tenido éxito. Porque si lograron dar el golpe, lo persiguieron. Porque el hombre es un hombre rebaño, que constantemente de una manera u otra quiere llamar la atención. Muchas veces,, fue esta atención la que asumieron. Simplemente me dijeron lo que le habían hecho a la gente equivocada, y que a su vez no podía mantener la boca cerrada. Entrar en los sistemas informáticos de otras personas, o añadir dinero en efectivo de otra persona, no es exactamente una puerta abierta para la amistad. No! Sólo enemigos y enemigos, pero a Erik no le importaba, ya que se sentaba y contaba dólares, ya que sería lo más querido que tenía.

Erik trabajó de dos maneras al mismo tiempo. En primer lugar, tomó el control total del mundo digital expuesto, controlando el flujo de información, donde podía evitar fácilmente cualquier amenaza como las advertencias de otros proveedores. Erik corrió el correo del gerente de compras por completo. Al mismo tiempo, engrasó al vendedor dando una buena impresión. Fue un trabajo extenso sincronizar constantemente la información entre el vendedor y su gerente. Fue extremadamente interesante, ya que realmente llegó a poner a prueba sus propias habilidades varias veces, porque nunca supo cuándo hablar entre sí. Llevar a cabo un, fraude importante era realmente laborioso porque la verdad era que podía ir al infierno, tan pronto como sea posible si se perdiera un pequeño detalle. Aunque Erik siempre lo tenía en mente, hacía frío helado. Y él podría decir que ess realmente,difícilpero las estafas son como cualquier droga, tiene, para tomar dosis más grandes después de un tiempo, para sentir la patada. En la vida de Erik se volvió cada vez más sofisticado todo el tiempo para poder sentir ese tipo de patada en cierto modo. Erik comenzó a hacerse un nombre en este primer año cuando le fue bien con el trabajo que emprendió, lo cual es importante. Puedes hacer ranas en cualquier trabajo, pero no en esto. A medida que se corrió la voz, más y más gente pesada emergió del pantano criminal. Estas personas no eran tipos que fueron encontrados directamente debajo de las páginas amarillas. Estaba muy agobiado chicos, y cuyo saludo era grasa de arma en la frente. Estas personas eran extremadamente inestables, y por lo general eran afectadas por drogas por la variante más pesada, pero los chicos tenían buenos trabajos, y eso significaba dólares. Cuando alguien dijo dólares, Erik se hipotetizó cuando iba a recaudar muchos millones. Entonces no tenía inhibiciones, ya que,, siempre y cuando las notas rosas se enrollaban en grandes cantidades. Quién fue aplastado era completamente irrelevante, siempre y cuando el dólar llegó, en taquí había una terrible cantidad desucción en ese antojo dehacer una comparación que era como si hubiera pasado por el desierto del Sahara sin agua, y cuando llegas, hay mucha agua en una mesa, agua que no se le permite beber.

Entonces usted podría entender un poco mejor lo que un antojo Erik sintió por venganza y dólares, pero esta comparación Erik no trata de justificar, lo que ha hecho de ninguna manera. Hans me dice cómo era. Como toda gente de pensamiento criminal, Erik estaba buscando un estatus en el inframundo he trabajó para dos cosas,, sería reconocido como hábil en su campo, pero también que quería ser una

persona temible,, era muy importante que
obtuviera respeto.

Ahora que los chicos pesados se habían puesto
en contacto con Erik, era aún más importante.
Se preguntaba qué iba ahacer, nadie me dijo qué
hacer, sólo que estaba bien pagado, y no
pensaron que sería un problema importante
para Erik porque aparentemente ya lo revisaron.
Erik pensó que parecía extremadamente
extraño, ya que no se lo dijo a ninguna persona
que conociera a esta banda.

Cuando estaban a punto de entrar en una casa
que estaba en una zona residencial ordinaria,
Erik estaba más que sorprendido. Este no era el
barrio turbio en el que se le oepasó. Cuando Erik
entraban en la casa, salían a la cocina y una vez
que allí se sienta un hombre, con una barba en
la cabeza. Parecía tímido de una manera más
distintiva, y Erik no entendía lo que estaba
haciendo allí, pero aparentemente este hombre
barbudo tendría una gran influencia. Se sintió
extraño cuando el hombre comenzó a
preguntarle a Erik sobre qué conocimiento tenía
en los datos. Personalmente, no estaba
exactamente interesado en decirnos cuál era su
conocimiento, ya que este hombre ni siquiera
había dicho su nombre. No se siente bien,
porque no sabía si es un policía con el que

estaba hablando, podría ser cualquiera para Erik. Respondió un poco brevemente diciendo su nombre, Sam. Cuando dijo su nombre, Erik se dio cuenta de que había aterrizado en la cocina del infierno. Este Sam era el mejor narcotraficante de la época.

Ahora Erik se sentó en la cocina de ese hombre y le pidió un poco de medio vómito por su nombre. Bueno, losiento. Puede que no haya sido una buena idea ser arrogante con este hombre, pero no demostró que me había percibido desagradable, lo que significaba que Erik respondía a sus preguntas. Lo único que le hilaba en la cabeza era que no se involucraría en ningún negocio de drogas. Era un mercado del que no tenía conocimiento. Cuando Sam le preguntó si Erik consideraría hacer algún trabajo para ellos, era extremadamente dudoso que no quisiera involucrarse con drogas. Sam respondió que hablaría con sus contactos y quería que los escucharan de nuevo. Preguntó si Erik consideraría darle su número de teléfono celular, que le dio, Desafortunadamente.

Se pondría en contacto si surgió este trabajo, del que no nos habló. Justo cuando se iban, el hijo de Sam viene a comer. Cuando saca el paquete de copos de maíz, el niño encontró algo completamente diferente de los copos de maíz. Sam había puesto detonadores que están allí para volar varios explosivos, también. Erik tenía una pequeña palanca en los pantalones, ahora que había terminado en,, algo que llegaría tarde a olvidar. Erik no sentía inmediatamente que estaban amenazando de ninguna manera, probablemente fue más que comenzó a sentirse como si estuviera en una película. Al salir de la casa de Sam, se encuentran dosgrandes. Un tipo parecía un, mutante, y venía de un baño de ácido. Toda su cara no era de este mundo. Estas dos personas más tarde resultarían ser el cobrador de deudas de Sam, el cobrador de deudas de drogas.

Erik comenzó a entender que podría haber problemas si se convirtieran en enemigos, o si algo salía mal, y simplemente no quería ponerse en tal posición. Ahora se iría sin saber si habría un trabajo o no. Erik ni siquiera sabía lo que era.

Una vez más en casa, los pensamientos comenzaron a girar. Erik, que era una persona que quería un control completo, no tenía el más mínimo control ahora. Una sensación muy desagradable. Después de una semana, Sam lo llamó a su teléfono celular, y quería verlo el mismo día. Más tarde por la tarde Erik y sus amigos se fueron a casa con Sam. Fueron recibidos por Sam en la puerta. Dijo que nos vamos ahoramismo, y podemos hablar en el coche. No se sentía seguro hablando en su propia casa. Sam seguía hablando de ser vigilado, y como SAPO estaba mirando su casa y tocando su teléfono, era ensinsmio. Despúes de que empezaron a conducir, Sam me dijo que quería mostrarles dónde atacar. La sensación que Tenía Erik. Era que estaba en hielo delgado. Cuando sólo quería trabajar en el mundo digital, pero ahora parecía que estaría en el examen físico. En el aspecto físico donde no podías cambiar tu identidad cuando era necesario. Era como si el propio Erik fuera el hardware, en lugar del software. Pero, qué opción tenía ahora? Cuando estaba en el mismo coche que un gran narcotraficante que no veía exactamente un NO, como una respuesta. Se acercaban a un puerto. Sam dijo que no se quedan a lo largo de la cerca para hablar de lo que quería que se hiciera.

Los amigos de Erik condujeron el auto, y Sam se sentó junto a él. El propio Erik estaba sentado en el asiento trasero detrás de Sam. Sam sólo habló con Erik. Anteriormente había dicho que no le gustaban sus amigos. Ahora le preguntó a Erik si podía entrar en el sistema informático de la terminal? Erik respondió que, mientras, el sistema terminal esté en línea, podría ser posible, lo que parecía gustar. Empezó a hablar de dos trabajos diferentes, y ambos tocaron este puerto, pero más no quería decir cuando los amigos de Erik estaban en el coche, Erik y Sam terminaron fuera del coche para continuar con el acuerdo con respecto a este trabajo. Entonces, preguntó una vez más si realmente podía confiar en los amigos de Erik? Absolutamente, fue su respuesta directa. A Sam ya no le gustaba por ello.

Sam quería que Erik entrara en el sistema informático de la terminal portuaria donde todos los contenedores estaban registrados en una base de datos y viera lo que contenían. Aparentemente tenía dos órdenes diferentes que pronto informaría a sus compradores o a los like si,, era posible llevar a cabo. Sam dijo que sólo podía ser útil con un camión, y que tenía un contacto que posiblemente podía conseguir sellos para contenedores, ya que estos siempre estaban sellados. El resto quería que Erik lo arreglara para que pudieran entrar con un va portacontenejes. Los contenedores que Sam y sus socios estaban interesados en contenían jeans y el otro contendría carne congelada.

La carne ya estaba ordenada y vendida, si la sacaban del puerto de alguna manera suave.

Retirar el contenedor con jeans era un poco más fácil, ya que no requería un coche remolque que tuviera enfriadores. Con una tonelada de carne que estaba congelada, tuvieron que encontrar un tractor de remolque, porque de lo contrario pronto se quedarían allí con una tonelada de carne agria. Pero como dije no era problema de Erik. Cuando Sam había tomado esa parte con los camiones.

El propio Erik tuvo suficiente dolor de cabeza cuando tuvo que entrar en el sistema informático del terminal. El problema que tenía Erik era encontrar su cortafuegos que manipulaba el número IP del ordenador en el que tendría que entrar. O usted tiene un firewall real que parece una pequeña caja, y que está en algún lugar de ese edificio, o se utiliza un software que funciona igual que un firewall real, pero la diferencia es que este cortafuegos consiste, como dije, de un programa de software, y como él le dijo al principio, siempre hay una debilidad en un software. Sólo tienes. Que, encontrarlo.

Desafortunadamente, este terminal no tenía un programa de software que fuera su cortafuegos. No, tenían la versión dura. A través del contacto de Sam en el puerto, pudieron obtener cualquier información que ayudara a Erik, pero esa información sobre su cortafuegos aparentemente daría este contacto a Sam. Erik era dudosa si esto funcionaba, y no podía ver cómo este contacto obtendría el número ip en su firewall. Se sentía muy incierto. Erik y Sam volvieron al auto, y Sam quería que condujeran a otra dirección.

Los amigos de Erik conducían por el vecindario, cuando Sam no sabía en qué puerta vivía la persona. Es decir, una dirección que la policía a menudo tenía sus ojos puestos en. Sam quería que los amigos de Erik se quedaran para poder ir a la puerta cerrada. Erik sigue en el asiento trasero y su amigo sigue al volante. Sam camina por el otro lado de lacarretera y llega a la puerta que estaba cerrada con llave. Sam coge su teléfono celular para contactar a la persona en la dirección. Son sólo unos minutos, luego Sam vuelve al coche y salta.

Ahora incluso había una gran cantidad de policía. Un coche cruza diagonalmente delante de su coche, luego uno detrás y otro en el paralelo lateral.
Es la policía, conducir... Gritando Sam.

Sam se vuelve medio loco cuando los amigos de Erik se paralizan por lo que pasó. Sam grita que va a correr por la acera de su lado derecho. Entonces era el único lado, que podían pasar,

pero los amigos de Erik eran como el toro
Ferdinand que más bien parecía querer
mantener apretado en el volante, con el motor
apagado. Todo esto sucedió en 30 segundos.
Antes de que te dieras cuenta, había un agente
de SAPO del lado de Erik y apuntó con un arma
afilada a Sam, gritando que saldría del auto.

Capítulo 9

Erik sintió como si estuviera a unas tres manzanas de altura. Con un arma afilada y un alto SAPO Agents, fácilmente te quedas corto en el abrigo, y rápido, pensó Erik. Si usted nunca ha experimentado tener un arma afilada apuntando a él, Erik puede decir que todos los músculos de todo el cuerpo sólo se liberan, y comienza amás, o menos a temblar. Erik pensó que se sentía como si estuviera a unos 40 grados bajo ceroy, se congela para que sus dientes tiemblen. Esto es puro miedo, y la adrenalina que se atorme completamente en tu cuerpo. Maldita sea! Pensé que Erik.

Sam abre la puerta y la policía pregunta medio grito si estánarmados,, qué maldita pregunta llenaron tres formularios antes y enviaron un mensaje de que teníamos armas "Pregunta más tonta que he escuchado en mucho tiempo", dice Sam. Ahora otro agente vino a sacar a Erik y sus amigos del auto. Erik salió y tuvo que enfrentarse al maletero. Los amigos de Erik se aseguraron de que pronto se vería como una zona de guerra. Cuando el amigo de Erik se baja del auto, se quita el llavero grande del encendido, luego condujo un dedo en el llavero, así que el llavero parecía un anillo en su dedo. Una vez que se bajó del auto, la policía le dijo

que pusiera sus manos en el techo del coche.
Así, él, el amigo de Erik, estaba listo para dejar
salir la gran cadena de llaves de su mano. El
sonido que este maldito llavero creó era un
sonido metálico fuerte, un sonido que los
agentes detrás de él pensaban que era un
movimiento de capa o similar, lo que significaba
que ahora, era realmente un montón de arma
que los agentes estaban agitando. Hubo una
reacción en cadena cuando el agente que sacó el
arma reaccionó de la manera en que lo hizo. Sus
colegas tampoco llegaron tarde a sacar sus
armas. Fue una pesadilla que los amigos de Erik
apenas pensaron que había terminado. La
policía que llegó por primera vez al coche, se
agacha y brilla con una linterna debajo del
asiento trasero donde Erik se sentó. Erik ve al
agente salir del coche, y en su mano,, sostiene
una pequeña lata de aluminio, y lo hace sin
guantes. Ahora está sosteniendo este frasco,
que ha abierto. En el frasco había una bolsa de
plástico, y en él aparentemente había algo que
Erik nunca olvidaría.

Durante la conducción de Sam y Erik, habían
visto este frasco, pero no se preocuparon por él,
pero confían en que Erik se preocupaba por ello
ahora. Erik sólo ve a la policía mirando el
contenido, y luego enciende a su colega. Erik
podía leer lo que decía en sus labios. Era como si

alguien detuviera el mundo por unos segundos. Todo lo que Erik vio fueron sus labios que dieron forma a la palabra D.R.U.G. Hell! Erik dijo directamente, renunció. Ahora es realmente, y era como si tuviera una experiencia cercana a la muerte ymuymucho,estaba, pensando enel infierno estaría con esta personahoy por why, Erik se enojó tanto con sí mismo.

Nunca debes trabajar con lo quepuedes, no porque entonces va como lo hizo ahora. Los pensamientos de Erik eran cómo salir de esta mierda taquí no era la manera en que iba a ir Samlo llama, y dice que unre no va a hacerun ruido, y que su abogado va a sacarlos, pero el débil consuelo no se sintió. Media hora más tarde, el agente McGill terminó, y ella estaba feliz cuando estos agentes los tomaron, y un minuto más tarde, se abrió una puerta de la celda, y fue el agente McGill quien fue a la puerta de Sam. Había dos personas fuera de la celda de Sam y McGill. Sam acaba de mirar al agente, y optó por no responder a sus preguntas, así que el police cerró la puerta. De repente, Erik oye una voz que había escuchado anteriormente, pero no pudo colocar a esta persona. Era una mujer, tanto que podía observar, pero quién era, es bastante difícil de establecer. El agente McGill y la persona, con la voz femenina parecía familiar,senotaba en su forma de hablar. Eran cuando Erik entendió quién era y comenzó a patear la puerta de lacelda, Big Mama sombrero el infierno loestás haciendo con el maldito agente Roars Erik, now realmente giró los pensamientos de Erik Cómo diablos podría negociar con un agente?

Erik quería llamar a Henke, pero cómo será. Erik fue encerrado, y su credibilidad estaba en la Organización. Probablemente los agentes tenían un informante, y sonaba como BigMama, pero Erik no podía jurar sobre él, pero sonaba así. La idea de llamar a Henke se hizo más grande cada vez, aunque los poderes de Erik eran limitados.

Las dos personas hablaron durante mucho tiempo y probablemente estuvieron en la unidad de inscripción, porque Erik no podía oír lo que se dijeron el uno al otro, a pesar de que estaba sentado en la celda cerca deambos, de ellos. Cuando las dos voces se quedaron en silencio, sólo Erik oyó zapatos de tacón alto que se movían hacia otra entrada. Probablemente fue el sonido de Big Mama (Goblin kid), quieninformó a este agente McGill sobre la situación actual. Erik se volvió loco con sólo el pensamiento enfermo que tenía, pero sin pruebas Erik no podía decir si ella había proporcionado información al agente McGill. Ahora Erik estaba frustrado, y se dio cuenta de Que Sam también estaba en la segunda celda, cuando Erik pateó y abofeteó la puerta de la celda, y dijo que quería hacer una llamada, después de unos minutos vino un policía y golpeó hacia atrás, y se preguntó qué diablos quería?

Quiero hacer una llamada a mi abogado!? Cállate ahora! Usted puede, no llamar a su abogado hoy. Contestó el guardia.

Sí, lo entiendo y puedes, no detenerme o rechazarme esa conversación, ahora, bastardode lapolicía.

Son casi las 10:30, y por qué no llamas hmañana? Ayudaal guardia.

No, voy a llamar a mi abogado ahora. Erik responde un poco enojado.

Se dejó salir Erik o que comenzó a ir al ascensor para subir a la planta 3, pero tienen que esperar hasta que haya otro oficial depolicía, entonces no se les permite subir con Erik sí mismo, debido al nivel de seguridad, que sólo toma unos minutos y otro oficial de policía se comunicará.

Entonces había tres personas en el ascensor, así que ahora podían ir. Todos subieron al plan 3, y cuando estaban allí, uno de los oficiales salió de la zona, y el otro guardia se sentó a la mesa y monitoreaba todo el asunto, para que no surgieran cosas inapropiadas durante la llamada.

Justo cuando Erik estaba a punto de llamar, así que el guardia se queda quieto? Erik preguntó si no iría? No, jovencito, no me iré de este lugar.

Erik entonces le preguntó al guardia por qué no podía llamarse a sí mismo, ya que ni siquiera fue condenado por el crimen que llamó, sólo quería hacer su llamada de aparición..

Entonces supongo que tengo derecho a hablar con mi abogado yo mismo, yono soy condenado. Dice Erik. Erik, olvídalo y llama a tu abogado. Respondiendo he guard.
Justo en su llamada llegó un oficial de policía que subió al ascensor y abrió la puerta. Las personas que se sentaron en el escritorio preguntaron a la policía si un detenido podía llamarse a sí mismo, por supuesto que pueden, son libres y sólo son arrestados, por lo que la mayoría de los derechos a los que tienen derecho. Es decir, pueden llamarse a sí mismos, pero sólo al abogado o representante pertinente.

Erik sabía que el abogado respondería con una llamada de respuesta y tuvo que dejar una declaración a su abogado y a Henke de que probablemente haya un infiltrado en la Organización. Quiero que compruebes lo que Big Mama (Goblin kid) tiene con Agent McGill. Compruebe todas las posibilidades porque, es raro. Te hablaré. Erik.

Después de la llamada, vino el guardia y la otra policía y los tres bajaron a la celda de nuevo. Había muchos pensamientos que Erik tenía, pero era completamente sin respuestas, como de costumbre.

Capítulo 10

Por la mañana, estaba bastante agotado. Había tres que fueron arrestados, pero el amigo de Erik fue puesto en libertad inmediatamente por la mañana, pero ni Erik ni Sam fueron libres. Tuvieron que esperar los resultados del laboratorio forense de SKL *Staten, así que hubo* muchas horas de insomnio tanto para Erik como para Sam. Ya después del desayuno vinieron y dejaron salir a Erik, cuando tuvo el resultado de SKL, que mostró, que Erik no tenía nada que ver con las drogas.

La policía que dejó salir a Erik, pidió salir del lugar, y que antes de cambiar de opinión y tuvo que permanecer detrás de la cerradura o boom.

La policía que dejó salir a Erik, abrió una puerta lateral para que pudiera dejar la custodia. Esa puerta también se llama "La Puerta de la Verguenza" donde se sienta toda la gente, y donde la policía tiene que liberar a alguien por falta de pruebas, o un borracho que ha bebido y necesita sobrio y el que sale que ha sido arrestado.

Sam fue dejado bajo custodia porque probablemente habían encontrado algo que pudiera vincular a Sam con un crimen. El abogado de Sam vino después de la cena y dejó claro a la policía que todas las huellas digitales serían entregadas al abogado que fue encontrado por SKL. El agente que encontró la lata se soltó con una linterna, y luego tomó ese frasco sin guantes que no debería haber hecho. Al abogado se le había permitido hablar con Sam y sabía de esta información.

Al día siguiente, Sam salió de la cárcel porque podría ser la policía la que había tomado la lata y dejado huellas dactilares. Debido a que el abogado sabía de esa información, y se aprovechó de ella, Sam podría ser liberado por falta de pruebas.

Todos estaban contentos, y todos estaban en libertad otra vez. Los amigos de Erik se habían ido a casa con su esposa de nuevo y se prometieron no volver a ser un pegamento del gobierno, y también le había dicho a su esposa, que la tranquilizara. Incluso el abogado estaba contento con el resultado, y todas las personas estaban separadas. Dicho y hecho esto, Erik o Sam comenzó a discutir cómo sería la venganza. No era muy seguro ya que Erik sabía que pronto estaría interrogando. Resultó que la lata contenía alrededor de 12 hecto gramos de heroína. Eso fue menos bueno, y como Erik no era conocido personalmente por la policía en esta ocasión, podía sentir que podría ser capaz de salirse con la suya en unos años. Ese fue un, pensamiento realmente estúpido. Las drogas son lo último en involucrarse, y especialmente con la heroína.

Pronto resultó que Erik sería detenido de nuevo, los agentes habían arrestado a Erik y Sam. Allí estaban ambos en el arresto y con algunos, por decir lo menos, desagradables agentesbastardos que prometieron que les harían la vida difícil, si no confesaban su crimen. Erik no dijo un sonido, sabiendo lo que pasaría cuando salió si se le consideraba un chirriante. Así que,, la boca estaba, y permaneció cerrada sobre esta lata de heroína.

Una vez más, ambos tuvieron que quitarse el cinturón, cordones de zapatos y vaciar los bolsillos de todo. Entonces fue sólo para empezar a hacer la cama con una almohada de plástico y una manta que olía a mierda. Dado que Erik sólo había sido arrestado dos veces, esta noche se convirtió en un infierno de mucha preocupación por el futuro, y si volvería a ver a sus hijos.

Erik no durmió ni un minuto en la primera noche, cuando había mucho que hacer. No sólo porque era un infierno de vida, sino también porque habían sido arrestados por primera vez, y ahora se les ha informado de que el fiscal decidió arrestarlos, con el argumento que existía, y podría significar de 3 a 4 días en esa celda, una incertidumbre que era insoportable. Peor aún, Erik ahora sólo fue y pintó un montón de malos pensamientos, uno peor que el otro. Los niños estaban enfocados todo el tiempo, y cómo actuaría la madre de los niños, cuando se enteró de que Erik estaba siendo acusado de delitos de drogas. Sí, estaba sudado.

Temprano a la mañana siguiente, dos policías vienen a recoger a Erik para interrogarlo,, tfue un interrogatorio que era realmente corto,, tél interrogador comenzó explicando que no pensaban que era la heroína de Erik, pero querían que él señalara a Sam como el dueño de esa lata. Erik dijo que no podía hacer eso porque no sabía de quién era la lata de heroína, lo cual no era una mentira! Dijeron que habían asegurado las huellas dactilares de Sam en la lata, así que ya sabían que era su lata. La pregunta de Erik era por qué señalaría a una persona cuando ya lo sabían? Pero Erik no sabía nada y no podía decirnos. Si Erik había sido cien que era de Sam, nunca lo señalaría, ni a nadie más. Es y sigue siendo una ley no escrita nunca ir a la rata a nadie. Entonces la policía dijo que Erik podría ser un accomplice a los delitos de drogas. Esta era una táctica de intimidación pura de la policía,para que tuviera miedo ycontara todo eso con agua corriente. Pero había algorealmente, mal en el caso, pero Erik no podía averiguar lo que era. Pero Erik no había dormido toda la noche, así que sus pensamientos eran como jarabe en su cabeza, combinado con una gran preocupación por el futuro.

Erik le dijo a la policía que quería un abogado si querían hacer más preguntas. Entonces decidieron poner fin al interrogatorio. Erik pensó que tal vez esto era porque iban a conseguirle un abogado. Otro,, la policía entró en la sala de interrogatorios, entonces esto lo llevaría de nuevo a la cárcel. Luego lo encerraron de nuevo, y aquí estaba en esta celda sombría de la que sólo quería salir. Mientras Erik estaba en el banco duro llamado cama, miró al suelo, a la derecha de la puerta de la celda. Se preguntó dónde estaba para la inmersión en elpiso? Pero pronto se dio cuenta de que cuando necesitaba golpear un siete (pee). Erik se acercó a la puerta para llamar al guardia para poder ir al baño, pero ese guardia no era exactamente una persona rápida.

Tomó más de una hora antes de que este guardia se abriera, para que Erik pudiera ir al baño, así que ahora lo tenía claro, para qué era la ranura en el piso. Era el último recurso si el guardia no iba a llegar a tiempo. Entonces tuviste que orinar muy bien en el suelo. También estaba allí para que los guardias pudieran tirar el suelo si había un borracho en la cama que tiraba todo hacia abajo. Muchas cosas nuevas que Erik aprendió durante estas horas.

Derepente, la policía abre la puerta de su celda y dice que Erik va a salir con él. Se acercan a ese banco donde la noche antes de que tuvieran que renunciar a sus cosas. Erik se preguntó qué estaba pasando,, en qué? La policía dijo que iba a ser liberado. Cómo puede ser eso? La policía le pidió a Erik que se callara, y que tomaría sus cosas y desaparecería de su vista. Una declaración de esto,, la policía no tendría que repetir, ya que Erik rápida y fácilmente acaba de salir del lugar para encontrar un lugar, para ponerse al día. Una vez fuera de la comisaría, todo era tanbueno ver todo significaba mucho más ahora que antes de que entrara tras los rejas iera como si toda la gente que estaba en laciudad fueran tus mejores amigos. Erik dijo hola a todo y a todos. Sí, fue una extraña sensación de libertad y se comportó como si tuviera la peor de las suertes. Es como estar borracho de salón cuando estás más feliz.

Empezó a pensar en su deseo de venganza contra la sociedad, y se preguntó si se le dio esta oportunidad. De corregir su comportamiento destructivo. Erik quería creer que este era el destino que le hacía una broma, que pronto resultaría ser un pensamiento ingenuo. Unos días más tarde, Sam también había sido liberado, y Erik comenzó a preguntarse cómo diablos sucedió.

El abogado de Sam había creado una vida infernal con la policía y los fiscales y había pedido qué huellas dactilares había en la lata de heroína en ella. Fue el laboratorio forense de la policía el que determinó las huellas dactilares. Cuando el abogado solicitó todas las huellas dactilares, las huellas dactilares del policía también debían estar en la lata, y eso se convirtió en el punto de aceptación en este caso. Cuando el oficial sacó la lata del auto, cometió el gran error, que lo hizo sin guantes. Un error que el abogado de Sam aprovechó, y que permitió a todos los que estaban en el coche caminar libre, gracias a Dios. Después de eso, Erik juró no lidiar con las drogas, o ponerse de nuevo en tal situación.

Ahora que Sam estaba libre de nuevo, quería que volvieran al negocio como siempre. Erik se sintió tembloroso varios días después y no estaba particularmente interesado en hacer ningún trabajo para Sam, aunque para Sam era pura vida cotidiana entrar y salir.

Erik estaba ahora en guardia y había desarrollado un sentido del olfato que podía sentir a los policías. Erik vio policías sobre todo, estaba en el 99 por ciento en su cabeza, aunque ni siquiera había policías cerca de él. Tres días después de que Erik fuera liberado, Sam quería reunirse de nuevo. Se suponía que se encontrarían en medio de Malmoe en una dirección. Erik vino, esperando a que Sam saliera de una puerta. Después de un tiempo que viene, y tenía una bolsa de documentos negro con él, Erik sintió una sensación desagradable en su estómago. No se sentía bien, ya que sólo sentía lo que la bolsa contenía. Cuando Sam se subió al coche, nos dice que sus contactos querían que continuaran según lo decidido con el trabajo de la terminal. Erik se preguntó si no se quedarían con él durante algún tiempo, cuando la policía obviamente tenía sus ojos en ellos, pero Sam no quería eso.

Sam parecía extremadamente estresado sobre el trabajo terminal que Erik no podía creer te en elmomento they sólo tenía planes parael trabajo,, y nada se decidió. Aún así, Erik estaba

tan estresado como,, siempre y cuando
hablamos de ello.

Erik se sentó en el coche y dijo una oración
tranquila para que no hablara de lo que había en
la bolsa, cuando casi podía adivinar lo que había
en él. Sam quería que fuera a correr fuera de
Malmoe. No dejó caer la bolsa ni un segundo
durante el viaje. En el camino, Sam le dice que
Erik siempre debe llamar a su abogado. O si
usted tiene problemas financieros, usted debe
llamar a Big Mama, no costó nada, que él era
muy claro, dejó una tarjeta de visita al abogado,
y dijo que Erik ahora podría ver a este abogado
como su contacto legal.

Capítulo 11

También dijo que si algo le sucedía, o si volviera a prisión, Erik siempre reuniría información a través de este abogado. Sam también le dio las gracias por no ir a cotillear cuando fueron por última vez, y Sam dijo que confiaba en Erik. Pero le dije, como era, que yo no había hecho nada, por lo que necesitaba darle las gracias, pero él sentía eso. Después de su pequeño viaje Erik dejaría a Sam donde previamente lo había recogido. Antes de que se separaran, dijo que llamará a Erik mañana. Hazlo. Respondió, y dejó el sitio con un poco más de presión sobre el gas, cuando Erik no quería estar con esta persona por mucho tiempo. Erik pensó que su camino estaba bastante bien, ya que ahora encubrió los honorarios legales.

Al día siguiente Erik se sentó sobre todo y esperó a que Sam llamara para que decidieran cuándo comenzarían el trabajo de la terminal. Justo después de la 1:00 p.m., hubo una llamada. Fue el abogado de Sam quien llamó a Erik para decirle que Sam había sido arrestado, pocas horas después de que Erik lo había dejado la noche anterior. Había sido arrestado, con una bolsa con un kilo de heroína. Sam envió un mensaje a su abogado de que le notificaría a Erik para continuar con el trabajo terminal, al que no reaccionó mucho, al principio, pero cuando su conversación terminó, Erik comenzó a preguntarse cómo podía dejar tal mensaje a su abogado, cuando había sido arrestado con un kilo de heroína. Entonces el trabajo terminal debe ser lo último en su camino en su camino.

Probablemente era la misma bolsa que Sam había traído con él en el coche de Erik, con el que ahora había sido arrestado. Henke tenía una buena persona para este asunto, donde las dificultades podían ser resueltas, y ese era Bob Cole. Imagínate si Erik hubiera entrado en el apartamento, cuando estaba esperando a que fuera al auto, no, no había escasez de pensamientos de ese tipo. Se convirtió en una actividad de pensamiento extremo en la cabeza de Erik durante muchas horas ese día. Alrededor de las 5:00 p.m. Erik miró a través de la mirada en la puerta y ve a una mujer y un oficial de policía uniformado masculino. No sentía que quería saltar desde el balcón, ya que tenía un ático. Era sólo para abrir.

Era un viernes, y Erik tendría a sus hijos más tarde en la noche, cuando era su fin de semana. Cuando Erik abrió la puerta, querían que viniera a la estación. La primera pregunta de Erik fue, si estaba bajo arresto? No. Sólo eres un delito grave sospechado. De qué diablos estás hablando?! Tendremos que hacerlo cuando lleguemos a la estación.

Erik quería cambiarse los pantalones cuando sólo tenía un par de pantalones de sudadera, pero apenas podía hacerlo, pero al final estuvieron de acuerdo. Cuando terminó, la mujer oficial de policía dio un paso en el salón de Erik, porque ella iba a ponerle las esposas.

Debería ser necesario? Erik preguntó.

Sí, lo es, ella respondió brevemente.

Al mismo tiempo, Bob Cole vino con un paso bateado, y vio que Erik entró en un coche de policía, Dijo Bob a la Organización y mirópreocupado.

Fue vergonzoso haber caminado tres escaleras en la casa en la que Erik vivía con esposas y dos oficiales de policía como si todas las escaleras hubieran estado reuniéndose justo en ese momento, tla razón de esta curiosidad fueque la policía había puesto el coche de policía fuera del hueco de la escalera, y todas estas abuelas en las escaleras se preguntaban qué había pasado. Una vez dentro del coche de policía, el viaje fue a la estación para más interrogatorios. Ahora vino un viejo,, experimentado policía que preguntaría a Erik sobre un crimen de drogas. En primer lugar, comenzó estratégicamente su interrogatorio presentando una seriedecarpetas que, según hi m, m contendrían crímenes de los que Erik era sospechoso, pero que no podían probar. Era su manera de explicar que lo habían estado observando durante mucho tiempo. Entonces el policía empezó preguntándole a Erik si conocía a un Sam? Era difícil de negar, ya que habían sido arrestados hace unos días.

Sí, lo conozco. Erik responde. Qué negocios tienes entre ustedes? Esa era su segunda pregunta, y mi respuesta fue simple. No tenemos ningún negocio juntos.

Entonces este policía explica que lo último que Erik sería ahora. Era ser arrogante, ya que es sospechoso de un delito grave de drogas que podría darle de 8 a 10 años. Erik tuvo una extraña sensación durante el interrogatorio, pero pensó que podría hablar con Jim OneBone, quien es cortado y cortado con su experiencia en drogas que serían entregadas, o de ese tipo. Durante unos segundos Erik se quedó completamente en silencio. Sabía que no tenía nada que ver con las drogas y se preguntó de dónde habían sacado esta desinformación?!

Tenemos esa información de su amigo Sam, dijo policía. Sam había dicho que Erik era la persona que poseía el kilo de heroína con el que ahora había sidoarrestado. Ahora tienes que have to darle un carajo sif I soy un sospechoso, quiero un abogado inmediatamente,, says Erik en un tonoenojado. El oficial dijo que se sentaría ahora, o pasaría la noche en la estación, lo que Erik tenía pocos deseos de hacer, y no quería hacer otro ruido sin un abogado. La policía dijo que les resultaba difícil creer las declaraciones de Sam, y mucho menos que Erik sería el verdadero dueño de la heroína kilo, ya que Erik era conocido por cosas completamente diferentes. Los datos y los delitos financieros eran su principal área de trabajo, y había hecho que el Fiscal fuera extremadamente reflexivo cuando se le dijo que Erik habría estado involucrado con drogas. Ahora se enfrentaba a dos temas importantes. Era esta la verdad que este oficial te había dicho, o Sam no había dicho nada?! Tal vez fueron declaraciones del policía que querían poner hormigas en la cabeza de Erik y de esta manera, quería que confirmara que era la heroína de Sam. Pero los hechos fueron que Erik no había visto este kilo de heroína en ningún momento, cuando Erik conoció a Sam.

Tal vez era la formade Sam de deceive la policía. Erik se volvió muy incierto. Cuando le pregunté por el abogado que Sam le había dado una tarjeta de visita, y a quién quería, para defenderlo antes de la audiencia, la policía dice que puede ir por el día, pero que todavía se para como sospechoso, y podría ser que lo llamen para un interrogatorio de nuevo. Ahora Erik pensó que su problema con Sam había terminado, pero habla de que se engañó a sí mismo.

Pasaron unos meses, y un día hubo una citación a unjuicio, el juicio de Sam. Mierda,, iera como si nunca hubiera llegado a terminar y Erik tuvo que aparecer en el juicio Cuando entró estaba casi vacío, con la excepción,, del hermano de Sam, que también fue convocado a este juicio. Su hermano había conocido a Erik una vez antes, así que estaba familiarizado. Su hermano dijo que era importante que Erik no le dijera nada, pero sólo diría que no lo sabía. Sí, fue una tarea extremadamente fácil, ya que no sabía nada sobre este asunto, así que era sólo para decir la verdad. Había muy pocas preguntas que el fiscal tenía a Erik, y la mayoría de las preguntas que se le hicieron, principalmente se centraron en la relación de Sam y su relación. Ya no somos amigos", responde Erik. El fiscal pregunta si tenían negocios entre ellos, pero no lo hicieron. El tribunal de distrito entonces preguntó sólo si

Erik pidió costos de compensación por pérdida de ingresos o compensación de conducir. Pero él no quería eso, porque se sentía feliz de que su parte había terminado.

La verdad, sin embargo, era diferente. El hermano de Sam dirigía el negocio ahora, y quería que Erik continuara con el trabajo de terminal. No, ni una oportunidad! Erik dijo directamente. Entonces este hermano dice que Sam había hecho una estupidez mientras estaba fuera. Según su hermano, había comprado el kilogramo de heroína a crédito de los contactos comerciales que recibirían los contenedores que contenían jeans y una tonelada de carne. Peroqueno es mi problema! Erik dijo.

Erik sólo había hablado con Sam sobre estos tratos. Su hermano entonces le informó a Erik que Sam había hablado con estos tipos y le dijo que tenía un tipo que podía entrar fácilmente en el sistema terminal. Ahora empezó a sentirse incómodo por decir lo menos. Cómo pudo ahora que Sam ha hecho una estupidez. Tomar un crédito con estos tipos fue menos inteligente. Porque el hecho era que Sam y la heroína apalancada se basaba en que Erik entrara en un sistema informático, y a través de estos contenedores, la deuda de Sam con estos tipos se pagaría, pero ahora el problema era sólo, que tanto Sam como la heroína estaban en tierras estatales y bien encerrados. De, repente fue como si toda la presión estuviera sobre Erik para resolver estos problemas. Ahora era cualquier cosa menos divertido. De repente, no había duda de si era posible entrar en el sistema o no. Ahora sólo se haría.

El hermano de Sam dijo que Erik nse reunía con un representante de estostipos, y estaba tan interesado en saber que estabas más,, o menos obligado a hacer el trabajo, y que estos tipos te darían una cara. Lo que en el mundo digital hizo todo lo posible para evitar,perola prensa era casiinsoportable cuando Erik comenzó a darse cuenta de que se enfrentaba a un trabajo extremadamente arriesgado. Un trabajo que no quería.

Al día siguiente del juicio, este representante vendría a dejar más instrucciones. La persona que vino hablaba finlandés-sueco y llevaba una chaqueta de cuero negro. Le preguntó si Erik todavía estaba interesado en el trabajo, y su primer pensamiento fue que el hermano de Sam aparentemente le había mentido a Erik. Le había dicho a Erik que no había vuelta atrás, y no podía decir que no a esos chicos, era francamente insalubre hacerlo... pero el hombre que vino le pregunta si Erik quiere, y no tenía el más mínimo requisito sobre él con respecto a ese trabajo. Lo que era Erik se perdió ahora, algo definitivamente no coincidía ya que de repente tenía dos versiones Erik le dijo al hombre que quería volver con un mensaje,, which pensó que estaba bien el representante selevantó para ir un after que dejó, Erik estaba realmente,, enojado con el hermano de Sam y exigió una maldita buena explicación ese sentó en silencio y sólo miró a Erik como si hubiera vistoun fantasma.

Finalmente, dijo que su hermano había recibido una carta de estos tipos a través de su abogado. Su hermano recibe la carta que a su vez había recibido del abogado de Sam. La carta simplemente decía que la deuda se saldría, de lo contrario se asegurarían de que fuera encarcelado. No fue más, pero Sam obviamente estaba muy asustado, ya que hizo todo lo posible para permanecer en la cárcel donde ahora se sentó, y esperó su sentencia, evitando así la cárcel por más tiempo. Debe haber confiado en Erik, ya que ahora era su única salida. Su hermano era ahora de repente muy humilde con él, cuando él también estaba preocupado por su hermano, que pidió prestado una mayor cantidad de dinero para comprar un kilo de heroína. Una preocupación que estaba realmente justificada.

Dónde está Erik en esta miseria? Tenía su odio, y su deseo de venganza que quería ganar los grandes dólares, y si hubiera sido un poco sensato en ese momento, acababa de dar la espalda y se había ido, pero desafortunadamente el deseo de dólares, y el desafío era demasiado grande para abstenerse, lo que hizo que Erik aceptara a estos tipos. Se reservó una nueva reunión, donde Erik dijo lo que tenía que reclamar una compensación si tenían éxito, y qué información necesitaba para entrar en el sistema terminal. El contacto de Sam en la terminal ahora tenía a su hermano corriendo, y los camiones ofrecieron a los otros chicos para arreglarlos. Ahora había mucho trabajo que hacer. Erik quería 250 000 SEK cuando el trabajo estaba hecho. Un precio que era puramente demasiado barato, que no era el menor poco de problemas para pasar. Probablemente pensaron que Erik era un poco estúpido cuando pidió tan poco, pero se sentía como una buena suma entonces, y Big Mama (niñoDuende)podría tal vezredistribuir este capital para que Sam pudiera pagar su salida de su infierno.

Mientras el hermano de Sam estaba arreglando la información que Erik necesitaba, comprobó quién era el responsable de la recuperación de estos contenedores. Con sólo hacer unas simples llamadas, descubriste mucha información valiosa. Cuando Erik recopiló esa información que era relevante para saber, comenzó a buscar anfitriones. Jim OneBone estaba buscando anfitriones adecuados para cubrir la identidad del ordenador de Erik. mientras Erik estaba buscando un servidor proxy adecuado. Un servidor que estaría lejos de este país, pero también era importante que este servidor proxy no se noqueó para que simplemente no perdiera el contacto con este servidor proxy porque a través de ese servidor tenía contacto con los diversos hosts. Entonces parecería como si fueran estos hosts los que atacaron el ordenador terminal.

Erik también había dicho que quería recoger papel, como notas de envío y otros documentos que eran directamente necesarios para llevar a cabo este trato. A diferencia de otros trabajos de hackers, Erik no tomaría nada de este terminal. Lo que iba a hacer era averiguar qué entregas eran de interés para ellos, ya que las mercancías eran especiales. Jeans y carne, no era más difícil.

Erik sólo averiguaba dónde estaban estas mercancías, y en qué contenedor estaban, y luego también organizaba documentos falsos sobre billetes de envío y firmas. El hermano de Sam también organizaría el sellado que se necesitaba para hacer que la situación pareciera completamente normal. La trampa era entrar en un contenedor vacío sin despertar demasiado interés. Pero sobre todo. Por qué entraría en el área de la terminal portuaria, sin muchas preguntas se preguntó Jim OneBone, que parecía completamente interrogante?

Capítulo 12

A través de todas las llamadas telefónicas que Erik hizo, fue capaz de averiguar quién era el responsable de la carga enese, día en particular then estaba haciendo papeles falsos que se veían mejor que los reales. Creo que eso es lo que más tiempo tomó. A través de ese contacto que Sam tuvo en la terminal, su hermano sacó un sello.con los alicates necesarios para sellar el contenedor. Entonces un sello que confirma que estaba impreso en el interior de la oficina terminal. Ahora el trabajo comenzó a encontrar su firewall. Erik comenzó a escanear sus sistemas a través de varios programas, para comprobar realmente si tuvo algún contacto con su máxima protección. Cuando escaneó y encontró este cortafuegos, era el momento de enviar una señal (ping), para ver si este firewall respondió. Lo cual hizo. Entonces era el momento de iniciar el proceso de bucle, que rompería este cortafuegos con un montón de combinaciones diferentes. Como Erik ya sabe, esto puede tomar algún tiempo, y durante todo el tiempo tuvo contacto con los clientes, que también estaban interesados en cómo fue. Entrar en el cortafuegos de la terminal comenzó a asumir las fuerzas, pero no físicamente, pero, todos,, el más psicológicamente. Mucho fue por la presión que Erik estaba bajo, para arreglar esto, cuando el fracaso podría tener consecuencias devastadoras para una persona que apenas conocía, pero todavía quería ayudar. Tal vez fue la succión de Erik la que más atrajo, pero todavía puede preguntarse hoy si su conciencia no había desaparecido por completo en este momento. Porque algo dentro de Erik quería ayudarlo, aunque era criminal lo que estaba pasando. Erik siempre se protegió, pensando que era por la vida de otra persona, que lo hizo, y que al mismo tiempo sabía que en ese momento se negaba la verdad a sí mismo.

Tomó más de dieciocho horas para romper el cortafuegos, que no era extremadamente largo, pero teniendo en cuenta lo que se iba a hacer, fue muy frustrante tener que esperar estas dieciocho horas. Ahora era el momento de entrar en su base de datos que también estaba protegida por contraseña, pero no era muy,, difícil, se continuó durante menos de una hora. Cuando Erik estaba ahora dentro del sistema, tuvo que introducir un nuevo no IP, por lo que su firewall aceptaría su computadora. Jim OneBone tuvo cuidado de introducir este número de IP, de lo contrario Erik sería hackeado cada vez que entraba, y no había tiempo para. Erik simplemente puso el número IP del host como una excepción en el firewall, lo que significa que el firewall detiene todas las intrusiones del otro IP no. De esta manera, su firewall no registraría sus pequeñas visitas como intrusión directa, ya que su número de IP ahora se aceptaba en el firewall.

Ahora Erik rápidamente trataría de obtener una imagen de qué entregas, que eran más adecuadas cuando el pedido way muy, específico. La ropa no era un problema para encontrar, pero a menudo estos contenedores contenían carga general, que estaba escondida dentro de la terminal. Pero el que está buscando encontrará, y el que encuentra, ha estado buscando. No es más difícil. Ahora era sólo para llegar a una solución inteligente. Entonces tuvieron que hacer que pareciera que no se tomó nada del lugar y cómo lo haces? En primer lugar, los que ordenaron la entrega querían que lo resolvan, ya que arreglaban los camiones. Se suponía que el hermano de Sam y Erik romperían esa nuez. Pronto resultó que su hermano era cualquier cosa menos en la etapa de planificación cuando fue apedreado y dijo que Erik llegaría con la solución. Erik estaba ligeramente cansado de este tipo inocente. Cómo diablos lo resolvería,, no estaba en contenedores y tal mierda que sólo quería hacer transacciones de varios tipos but ahora derepente resolvería esto para mí casos difíciles? Cómo llegar a este tipo de soluciones cuando apenas sabía cómo se diseñó un contenedor? Erik se preguntó.

Erik no tuvo más remedio que reunir información a través de Internet, ya que es un perfeccionista que se niega a dejar las cosas al azar, pero resolver un problema, para ser resuelto en el acto, lo hace difícil. Entonces es casi imposible hacerlo teóricamente.

Jim OneBone construyó rampas que normalmente se utilizaban para cargar la carga general, y resultórealmente, bueno, pero entonces Jim OneBone era muy exigente también. Al introducir esto como un contenedor vacío, significaba en términos prácticos que este contenedor se colocaría en una ubicación diferente a la que se entregarán. Habría una distancia entre estos contenedores que se volvió extremadamente difícil de manejar. Por lo tanto, la introducción de un contenedor vacío no resolvería sus problemas. No, obviamente necesitaban un plan más inteligente. Es extraño con las personas cuando estás expuestoal estrés. Es como si tu cerebro se encerrara, y difícilmente puedes encontrar el plan menos simple. Erik simplemente tuvo que desconectar todos los imprescindibles en, para poder pensar constructivamente. Cómo pudo manipular a estas personas, que trabajaban en la terminal y en elpuerto, la zona,, eraclaramente un verdadero desafío. Muchos esperaban fríamente que Erik resolvió el problema. Cuando llegó,, hasta la conclusión de que el plan era una mera manipulación a la vista, y no una manipulación física, se hizo un poco más fácil diseñar un plan.

Lo primero que hizo Erik fue ir a su antiguo taller donde comenzó a soldar una rejilla que tenía la misma función que un perro en un coche. Si piensas en una cuadrícula de este tipo, que se puede adaptar, tanto hacia los lados como en la altura sabia, entonces usted puede tener una imagen de cómo era esta cuadrícula. A través de esta cuadrícula,podrían crear una imagen de un contenedor lleno de gente. La cuadrícula tenía una sola función, y que era proporcionar soporte si alguien iba a empujar las cajas que estaban en el contenedor. El grid proporcionaría un apoyo que hizo que las cajas delanteras no pudieran ser empujadas, entonces todo el golpe sería fácilmente revelado. Ahora era el siguiente problema a resolver. Qué escribiría apropiadamente en la nota de envío que acompañaría a ese contenedor, que tenían que entrar en la zona portuaria? También tuvieron que encontrar un camión de transporte que posiblemente pudiera manejar este tipo de contenedor. Erik encontró una empresa de transporte que parecía muy adecuada para eso y creó notas de envío de esta empresa.

Al coleccionar logotipos de su propio sitio web, fue capaz de imprimir un conocimiento de embarque que se veíarealmente, genuino con su propio logotipo. Ahora era sólo para encontrar una empresa de destino que de acuerdo con el conocimiento de embarque recibiría los bienes de devolución de Suecia, que podíamos encontrar fácilmente, ya que había un gran número de tales empresas.

Ahora era el momento de ponerse en contacto con los clientes sobre qué contenedores estaban disponibles, y de qué proveedores. De la hazaña de auto-preservación, Erik nopuede, no decirte qué compañía eligieron. Pero contra eso puede decirte que trajeron lo que habían decidido originalmente.

Los clientes enviaron dos camiones desde la capital hasta el condado de Skane en Suecia. Estos camiones podrían estar disponibles durante una semana, lo que en la práctica les dio una ventaja de 5 días. Tenían una presión de tiempo, cuando los contenedores que iban a encontrar, se suponía que debían ser entregados a la empresa que ordenó la mercancía. Por lo tanto,, tuvieron que realizar este trabajo antes de la fecha de entrega programada. El contenedor que iban a recoger fue limpiado y por lo tanto sellado, por lo que nadie sería capaz de poner otras cosas en él.

Su cliente quería conocer a Erik antes de hacer el trabajo, lo cual hicieron. Luego preguntó sobre cómo lo resolvió en términos prácticos. También querían que Erik diera detalles de cómo pretendía implementarlo.

Erik les dijo que quería que usaran la ventaja que ahora tenían, en términos de tiempo, y durante dos días, controlar la compañía de seguridad que protegía los contenedores despejados que estaban en la zona portuaria. Todos estuvieron de acuerdo en esto. Luego Erik quería que poner a un chico fuera del área en las próximas 24 horas en,, con el fin de poder obtener esos momentos cuando la compañía de seguridad llegó. Un trabajo triste, peromuy, importante, porque no querían la atención de la compañía de guardia. Ahora estaban en un trabajo muy minucioso, pero presionado. No había lugar para ningún error de ninguna manera. Sería suficiente para la persona que revisó los tiempos de la compañía de relojes, acaba de perderse un guardia, o tal vez se durmió durante unos minutos. Nos habría dado los momentos equivocados, y se habría ido a perder.

A Erik como persona no le gusta depender de los demás, pero ahora dependía completamente de lo que estas personas harían o tal vez no harían, pero ahora no se sentía, como si no hubiera vuelta atrás. No podían hacer tanto durante el tiempo como esperaban las veces que la compañía de seguridad tenía, y Erik estaba un poco preocupado de que esta compañía de seguridad haría cheques aleatorios. Cuando obtuvieron los tiempos, resultó que tenían horariosde guardia bonitos y apretados, y luego se volvió no menos considerado. Simplemente tuvieron que tomaruna decisión cuando estaban a punto de atacar. Decidieron que lo harían entre las 02:30 - 03:20, lo que les dio un máximo de 50 minutos para hacer el trabajo.

Probablemente tenían más tiempo, pero se quedaban con estos tiempos. La compañía de seguridad, por supuesto, podría ser un poco antes, y que no había comprobado sus tiempos durante mucho tiempo. Es estúpido arriesgarse. También decidieron que la recogida se llevaría a cabo temprano a la mañana siguiente, ya que el riesgo de que se descubriera este trabajo era significativamente menor. Decidieron hacer esto muy tarde en la tarde, cuando usted está cansado por la noche y por lo tanto no tan observador como usted en el medio del día, y luego su contenedor no tenía que pararse en la zona portuaria y llamar a sus ojos para todo un día de trabajo elconductor del camión era uno de los chicos del cliente y fue mínimamente informado sobre este transporte en particular que era la intención beporse que no querían que este hombre se comportara nerviosamente o de otra manera llamara atención innecesaria.

Recibió las facturas falsas de embarque y luego se dirigió hasta las puertas del puerto. Estaban a distancia para poder ver el camión. Cuando su coche llega, el conductor del camión salta para mostrar los papeles, lo que provocaría este transporte. Cada minuto era como una hora. Erik pensó que le tomó mucho tiempo, y de repente suena en el celular del cliente. Es el conductor quien llama, y dice que los papeles que tenía, no se pudieron encontrar, y que el código de barras que habían comenzado ahora con no estaba en el conocimiento de embarque. El propio Erik había entrado en el transporte en la base de datos. Pero, qué era ese código de barras? Erik se volvió hacia el hermano de Sam y se preguntó cómo diablos podría perderse esto?

Se defendió diciendo que sólo había recibido ese tipo de nota de envío de su contacto dentro de la terminal. Cómo diablos puede darnos los papeles equivocados?! Le han pagado? Le preguntó el cliente al hermano de Sam?

Responde que le pagó en su totalidad pagándole 1.500 SEK por el trabajo. Se suponía que iba a conseguir 20.000 SEK por ese trabajo, verdad? Dijo el cliente al hermano de Sam. Quién estaba ahora muy dispuesto a poner una bala en su cabeza, por la ira! Tuvieron que llamar al conductor para informarle que tenía que regresar. Justo cuando estábamos a punto de llamar al conductor, lo vemos rodando en el área del puerto. Resultó que este sistema de código de barras estaba sólo en la prueba y la persona en la escotilla había dicho que había muchos envíos que este sistema no podía encontrar! Entonces sólo probaron el sistema. Confirmado para la codicia. Entonces,, la teoría de Erik era cierta una vez más.

Alguien llamó al teléfono de Erik. Cuando Erik miró su teléfono, vio que fue Henke quien llamó. Qué quiere ahora, Erik pensó y respondió,, Erik no llegó a decir un sonido... Henke estaba tan enojado y, no oyó lo que quería,, Henke todavía estaba enojado, y Erik sólo oyó ciertas palabras, como si fuera tan débil, si fue Erik quien lo hizo.

Qué he hecho? Erik preguntó.

Qué hashecho? Henke dijo... Lo sabes, pero
hablaremos de ello en una línea diferente.
Henke tiró por teléfono, tan enojado que estaba.

Erik tomó un suspiro más profundo y se
preguntó qué estaba pasando. Por qué Henke
estaba tan enojado y, sobre todo, por qué está
enojado? Los pensamientos se arremolinaron
con Erik, sin éxito. En la planificación estaba en
curso, Erik tenía pensamientos sobre las
acciones de Henke. Por qué está tan enojado?
Debe haber una explicación lógica, pero está
suelta con su ausencia.

Capítulo 13

Erik tuvo que volver a la planificación, así que tuvo que pensar más en ello más tarde.

Debido a que el hermano de Sam sólo pagó 1.500 SEK por el trabajo, esa persona de contacto no hizo un buen trabajo. Si hubiera recibido sus 20.000 SEK, esto nunca habría sucedido. Esto era totalmente innecesario, e hizo nerviosos a todos, y creó un estrés que no es adecuado para tener cuando él está en tareas como esta, pero fue un problema posterior que tuvieron que resolver ellos mismos.

Ahora era sólo para esperar hasta que el conductor se puso en contacto y nos dijo dónde estaba el contenedor. Fueron colocados después de la fecha de entrega, que no hablaba directamente a su favor, ya que el contenedor sería enviado al día siguiente, pero el contenedor que iban a vaciar fue la primera entrega de varios días más tarde. Esto podría llevar a que puedan correr entre estos contenedores, y en el peor de los casos con una larga distancia, pero Jim OneBone tenía un buen estadofísico, por lo que funcionó.

El conductor llamó de nuevo para decirnos dónde estaba nuestro contenedor. Ahora era sólo para ir a un lugar donde Erik podía conectarse a la red, y más tarde echa un vistazo al lugar en el que estaba puesto en marcha. Erik pudo entonces ver que había mucho funcionamiento, ya que estos contenedores no estaban en la misma fila.

Esto también significaba que necesitaban 4 carros de saco para más fácilmente,, mover las cajas con jeans. Bob Cole también era una persona que podía mantener un ojo hacia fuera, por lo que la empresa de seguridad no los sorprendería cuando llevaban estas cajas. Bob Cole miró a Erik oblicuamente, pero pensó que tenía que ver con la conversación entre Henke y Erik, o la que Henke estaba gritando.

Ahora era el momento de bajar al puerto y luego superar la valla. Una valla que consta de tres filas de alambre de púas en la parte superior. Tiraron una manta en el alambre de púas para que pudieran cruzar fácilmente. La persona que haría un seguimiento de la empresa de seguridad no iba a la zona, así que ayudó a llevarlos a través de la cerca. Tenían una parte que sobrepasaba la valla, sobre todo estos 4 carros de sacos que pesaban algunos. Luego tenían el cuadricula que iba más allá. Era mucho más fácil cuando era posible retirarse.

Una vez dentro de la zona con todo el equipo, sólo tiene que ir al contenedor que estaba numerado, lo que lo hizomuy, fácil de encontrar. Antes de comenzar el trabajo, tenían que establecer algún, plan de cómo funcionarían, ya que ahora sabían lo lejos que estaba la distancia entre estos contenedores. Se suponía que el hermano de Sam se encargaría del sellado del contenedor, pero también de las cajas. Erik no sentía mucha confianza en su hermano, ya que no pensaba que podía vomitarlumb por su propio si así ponía a un buscador allí, sino tambíen porque parecía borroso. Hicieron un último cheque con la persona que iba a comprobar en la compañía de seguridad, de modo que nada saldría mal. Pero estaba en silencio en ese frente.

Empezaron abriendo el contenedor que iba a ser vaciado de jeans, pero para Erik también fue un chequeextra, por lo que no obtuvo la información incorrecta sobre el contenido. Una vez que entraron en el contenedor, sólo tuvo que revisar el contenido de las cajas. Oh, sí, sí. Eran jeans exactamente como estaba planeado. Eran jeans, de diseño, y había un montón de ellos. En la primera estimación adivinan en 2000 pares de Jeans pero, no tenían ningúnchequeen particular it erasimplemente inmaterial en este momento. Entonces, Erik sacó el grid que había hecho en, con el fin de preparar el conjunto. Los otros comenzaron a cargar cajas en los carros de sacos y luego comenzaron a rodarlas a su contenedor. Ahora había tres carros rodando todo el tiempo, y el hermano de Sam guardó lo más rápido que pudo. Tenía que hacer cuando finalmente eran 4 hombres que cargaban y enrollaban cajas. Estaba lleno todo el tiempo. Realmente tenían que hacer, ya que sólo tenían 50 minutos. Luego incluso tuvo que dejar que algunas cajas regresaran a este contenedor, y unos 30 jeans, lo que cubría el descanso, lo que significaba que tenían que tomar y vaciar una serie de cajas en su contenedor para que pudieran instalar un contenedor visiblemente empacado, con las cajas vacías.

Cuando la última caja fue transferida a su contenedor, arrojaron todos los carros de saco en el contenedor vacío. No podían cargarlos de nuevo. Empezaron a ensamblar la cuadrícula, y luego dos filas de cajas casi vacías. Las cajas empacadas llenas de plástico, y en la parte superior había un número,, de jeans, lo que dio un apretón de que las cajas estaban llenas, si alguien abría el contenedor, en un cheque. Pero el crimen perfecto no existe, lo que no fue porque han olvidado dos cosas. No tenían cinta adhesiva para las cajas cortadas, y luego no tenían un nuevo candado para el contenedor, cuando cortaron lo que estaba sentado anteriormente allí.

Se pusieron el sello, lo que indicaría que el contenedor no estaba abierto. Sólo para esperar que lo vean como un error, y que ellos mismos pongan una nueva cerradura. Ahora se estaban quedando sin tiempo y tuvieron que retirarse. Se puso en contacto con la persona que revisó a los guardias y dijo que iba a recogerlos. Mientras tanto, se dirigieron de nuevo a la valla, lo que no fue tan fácil para la última persona teniendo en cuenta el alambre de púas. Una chaqueta al infierno, pero podrían permitírselo.

Ahora salieron de la zona portuaria para poder dormir unas horas antes de que el contenedor fuera a ser recogido por su conductor en la mañana del día siguiente.

Ahora fue una vez más que uno se solidificaría como una caja fuerte, cuando este conductor entraría en el área del puerto para recoger su contenedor, pero esta vez fuerealmente, sin problemas. Sólo tomó unos minutos, y luego iba a entrar después del contenedor. Se sentía absolutamente,, maravilloso. Pero Erik no se atrevió a hacer grandes saltos de alegría, ya que no lograron el barco en el puerto, como dicen. El conductor también estaba saliendo por las puertas. Siguieron el curso de los acontecimientos desde la distancia. Ahora estaba poniendo el gancho en su lugar, que tiraría del contenedor en el camión. Lenta pero segura, el contenedor se deslizó hacia arriba Paciencia, Paciencia! Sí,, Erik era tan hiperactivo como un cohete de Año Nuevo, y sólo quería ver el camión fuera de estas puertas de una vez por todas.

Fue extremadamente emocionante, y aunque sabía que había hecho un buen trabajo preliminar, algo inesperado podría suceder, algo que Erik podría haber perdido en todo el estrés. Pensó en todoy, una vez más, por si acaso podía prever algún problema. Hablan de minutos que todos estos pensamientos surgieron, y eso creó un estrés interno en Erik. El cliente parecía estar bastante tranquilo una vez que el camión se desplegó, entonces fue como si el cliente soplara el humo del cigarrillo a toda prisa. Parecía que había estado conteniendo la respiración todo el tiempo, y ahora que el camión se estaba lanzando, se deshizo estallar el humo! Sí,, incluso tipos experimentados como el cliente podrían estar nerviosos. Todo el mundo aplaudió y parecía que cinco tipos estaban de pie junto a una valla eléctrica, mientras saltaban de alegría. Erik apenas tiene una palabra entera, mientras hablaban en la boca del otro por pura felicidad. El conductor fue informado de dónde colocar el contenedor. Tenían un lugar en la ciudad llamado Ystad,, con un viejo herrero. Tenía mucha chatarra en su granja, así que este contenedor no atraería mucha atención. Cuando el conductor dejó el contenedor, comenzó el siguiente trabajo, para volver a empaquetar las cajas. Cuando ese trabajo terminó, comenzaron a cortar el contenedor con la antorcha de corte. Fue un gran trabajo, pero funcionó bien. Las pequeñas piezas que ahora el contenedor consistía en, podrían ocultarse fácilmente en el lugar, y por lo tanto el problema se resolvió. El remolque llevó los productos a la capital donde ya había muchos tenderos que querían comprar estos jeans de marca baratos.

Cuando comprobaron el número de jeans, había casi 2.500 pares. Lo que equivalía a un valor de aproximadamente 1 250 000 SEK, pero el cliente tuvo que tomar un precio más bajo. Un precio de 295 SEK par para estos jeans. Se puede adivinar si había una gran demanda de este stock. Erik consiguió sus 200 000 SEK como se prometió. El cliente obtuvo mayores ganancias. Luego 295 SEK por 2 500 pares, una pequeña suma agradable de 737 500 SEK. No es una suma completamente equivocada. El cliente, sin embargo, tenía algunas bocas más que alimentar.

El hermano de Sam estaba feliz de que no le pusieran put una bala en la frente.. Entonces, a través de su he codicia, estaba arruinando todo el golpe. Después de todo, se le he permitió mantener keep los 18 500 SEK que había olido y que estaba dentro de la terminal. Pero Erik aprendió una vez más. Por nunca confiar en nadie, you evitar tanto una gran cantidad de problemas, y estar decepcionado..

Erik ahora podría hincharse, cuando la primera parte de su pedido se completó. Ahora de alguna manera encontrarían alguna capa en la que pudieran escoger una tonelada de carne congelada, pero no estaba tan interesado en ello, cuando tuvo un infierno de dolordeentrenamiento, luego movieron todas estas cajas de jeans dos veces. Asíque, una tonelada de carne no era exactamente tentador.

Poco después, Henke hizo su 5 llamadas, y se sintió obligado a responder, y aunque Henke lo era, Erik no sabía qué, al menos no entonces, pero Henke le informó. Después de tantas conversaciones, Henke debe estar más tranquilo, pero noera... por el contrario, Henke se volvió casi intimidante, y era una manera completamente diferente de resolver problemas. Erik es más fácil de lidiar con las amenazas que la carza, porque fue entrenado para eso. Erik no quería pensar en esta solución, pero tenía curiosidad por lo que hizo a Henke tan enojado.

Erik buscó a sí mismo lo que desencadenó esta solución, y Henke había sido amigo de Erik durante muchos años. Por supuesto, debe ser algo por lo que vale la pena luchar, pensó Erik. Henke nunca haría eso por nada, y esto parecía molestarlo adecuadamente. Erik iba a llamarlo por Skype, para hablar con él con seguridad, sin espiar. Dijo y hecho, Erik llamó a Henke. Sí, qué quieres? Henke dijo.

Qué diablos está pasando? Erik, dijo, estabas actuando como un maldito maníaco.

Un loco? Henke dijo. Preguntándose quién es, y ha sido un maníaco, Henke dijo molesto, y tenía una voz, que no sabía qué creer. No es mejor que me digas que hablar en lenguas? Erik dijo.

No entiendes lo que pasó, Erik? Qué diablos estás tratando de decir hablar de tu barba y dejar de hablar un montón de mierda Erik dijo Erik, siento que sepas quealguien mató aAnton, y una investigación está en marcha? Esa investigación ha sido bonita,, Henke dijo qué?

Ha descubierto SAPO quién mató a Anton? Erik pregunta.

Erik,, te doy ahora! Henke sayuda.

Qué me da! Erik dijo.

He hablado con el hermano que sobrevivió al abuso de Anton, es decir, Evert, y me dijo cosas, después de un poco de persuasión, que tú Erik, cortaste a Anton después de que se volviera loco. En otras palabras, usted golpea a una persona hasta la muerte en la Organización, y eso es una cosa prohibida. Incluso si la persona es culpable de agresión, usted no puede bajo ninguna circunstancia golpear a nadie de la Organización. Henke dice.

Cuando Henke había terminado su discurso, Erik se dio cuenta de que el juego estaría en un campo de juego completamente diferente al que solía jugar. Erik sabía que era hora de pensar rápidamente y de encontrar soluciones antes que la Organización, aunque era mentalmente difícil pensar de esa manera para Erik. Toda la gente de la Organización.se convirtió en unos minutos en los enemigos de Erik. Se dio cuenta de que había grandes problemas, y todas las reflexiones,planes, pensamientos y soluciones se habían ido con el viento. Ahora Erik se puso de pie, y a pesar de que tenía su entrenamiento, estaba un poco oxidado.

Todas las personas que confiaron en él, y que construyó durante muchos años, se habían ido. Lo peor fue que Erik estaba traicionando a un amigo que estaba en la cárcel, y que a su vez pidió dinero prestado para las drogas de la gente equivocada, y que lo amenazó a través del abogado de su hermano, que cortarían a Sam en la pista a menos que la deuda se liquidase pronto.

El cliente había ganado una enorme confianza en Erik, cuando tuvo éxito en este golpe, y, también quería que planificara esta entrega, pero como dije, mi interés en la planificación era extremadamente bajo. Dijo que después de esta entrega podían hacer golpes grandes, pero más simples, porque tenía muy,, buenos contactos con empresarios y restaurantes.

No importaba lo que encontraran, siempre y cuando fueran grandes cantidades, lo vendió sin problemas, pero incluso eso no hizo que Erik estuviera más motivado, porque estaba cansado y cansado, para tener a ciertas personas a su alrededor, personas que eran directamente letales para ellos. Erik le dijo al cliente que no quería trabajar con el hermano de Sam. Al cliente   tampoco le gustaba el hermano, ya que podía poner en peligro todo. El problema era la deuda de Sam por la heroína, que no estaba completamente pagada. El cliente con el que Erik ahora tenía contacto no estaba en la cima de esa liga, pero claramente tenía contactos importantes Erik comenzó a preguntarse,, que en realidad estaba trabajando para Erik puso la pregunta al cliente, pero no era exactamente una pregunta que tenía la intención de responder. Con el tiempo, obtendrá más información. Va a responder. Erik dijo que podía olvidarse de esa pregunta.

A Erik no le gustó esa sensación. Cuando hablas de la sensación, es algo muy difícil de explicar, pero si en algún momento de tu vida has estado expuesto a una situación que se ha sentido desagradable, es probablemente lo más cercano que Erik puede describirlo. En el mundo criminal, la gente a menudo habla de:

ERIK VA A SUS VIBS.
Que yoes exactamente lo que él sentía. Tuvo malas vibraciones cuando obtuvo esta respuesta. Aunque la respuesta fue clara y clara, la pregunta era más, lo que no estaba claro.

Escriba para *preguntar no acerca de lo que no
quiere saber!*
Erik podía averiguar fácilmente que el cliente
con el que tenía contacto, tenía su cabeza que lo
guió al cien por cien. Pero, ¿quiénes eran?

Capítulo 14

Pero pensar en ello, sólo haría un nervous y
ahora Erik tomaría principalmente,, una decisión
sobre su oferta tél clientele ofreció la misma
compensación por este trabajo. Ser capaz de
ganar 400 000 SEK en unas pocas semanas no
fue mal pagado directamente conhich
significaba que la respuesta de Erik era bastante
obvia, pero incluso si la respuesta se daba, no
era una solución a donde se encontró una
tonelada de carne congelada como se dio.

El cerebro estaba funcionando muy bien en este
momento. Quedaron muchos pensamientos
para pensar si esto sería. Lógicamente, como ser
humano, te preguntas quién puede recibir 2.500
pares de jeans. y venderlos rápidamente, y luego
pedir una tonelada de carne? Hm. Incluso si no
vendían todos los jeans todavía, Erik realmente
había sido pagado, y como los jeans no son un
perecedero, por supuesto pueden acostarse
lejos de todas las longitudes, sin envejecer, y
que este cliente tenía contactos, no había duda,
ya que ahora ordenaron toda la carne.
Demostrablemente, habían arreglado camiones
sin problemas. Normalmente en el mundo
criminal, es el 90 por ciento. Conociste a gente
que podía arreglarlo todo, cuando los hechos
eran que eran completamente incapaces de

arreglar nada. Tenían algunos contactos locales en el lugar en el que estaban activos, pero por lo general no eran más que palabras vacías.

Como había tanto, no fue sin que Erik dudara, cuando alguien ordenó una tonelada de carne que en la práctica necesitaba ser vendida de inmediato. No fue exactamente una venta que se convirtió en ancianas y otros particulares. No! estamos hablando de compradores con carteras grandes y con gran espacio de almacenamiento, por lo que había mucho que se agitaría con una entrega de este tipo. Aunque esto no parecía preocupar al cliente.

Erik estaba indeciso sobre si iba a arreglar esto, y al mismo tiempo pensó que se sentía mal no intentarlo. Un poco molesto fue, cuando consiguió trabajos que no eran trabajos de computación directa, aunque este trabajo podríaser, en necesidad de tales habilidades. Un trabajo como este se basaba principalmente en mover bienes físicos. Erik honestamente no tenía idea de dónde empezar a buscar. Era poco probable que cualquier camión de transporte viajara con una tonelada de carne. Tenían un remolque con enfriadores, y así,, hasta ahora todo estaba bien. Ahora sólo tendrían algo con lo que llenarlo. Tomar contenedores y cosas similares significa que la policía comienza a proteger esas áreas que no están vigiladas normalmente. Especialmente si piensan que es una liga que está en movimiento. Incluso si esperas poner a la policía en tus talones, debes tomarlo a salvo antes de lo incierto. Eso es probablemente lo que el cliente pensaba, y fue por esta razón que ahora estaba tratando de acelerar el proceso de una manera un poco más fina. Así que era sólo para empezar con las investigaciones. Erik no sabía si lloraría o se reiría, todo el set-up era como tomado de un mal guión de Hollywood, que estaba oculto porque era tan malo. Erik conocía a un camionero que era un poco medio criminal, y que había hecho algunas cosas pequeñas por un tiempo, pero ahora tenía una familia, y una señora que lo sostenía por el cuello. Erik podría preguntarle si tenía algún contacto con conductores que conducían un camión frigorífico. Pero hacer tales preguntas probablemente lo haría, por decir lo menos, preguntándose, y tal vez insalubremente curioso, cuándo comenzaría a investigar objetos adecuados.

Erik no quería que saliera lastimado, porque el dinero hace que la gente haga cosas estúpidas. El riesgo que existía.era que este camionero al que Erik ahora se contactaba.hablaría demasiado. Y eso significaría que tenía problemas permanentes por el resto de su vida. Algo que Erik no querría en su conciencia.

Bueno, tal vez fue para tocar, para la conciencia, no quería que le pasara nada. No fue realmente una buena idea ponerse en contacto con él, ya que tenía familia, pero es fácil decirlo ahora en retrospectiva. Este conductor al que llamamos este libro a Tompa.

Este Tompa comenzó sus investigaciones inmediatamente haciendo una llamada. Después de la primera llamada Erik sólo tenía que explicar que tenía que apretar, comopuede, no hablar de tales cosas por teléfono. Erik tuvo que empezar a hacer citas con diferentes personas y hablar entre cuatro ojos. Tompa parecía pensar que podía hablar de todos modos, pero después de hablar, más en lenguaje sencillo con él, se dio cuenta de que eran cosas grandes, y la gente equivocada para follar con who va a tener las cosas, para quién trabajas? Es decir, preguntas que eran naturales de hacer. Preguntas que eran igual de naturales para no responder. Tompa también quería saber lo que ganaría con esto, y no importaba lo que pidiera, esa compensación sólo afectaría a la cartera de Erik, porque era,, el que lo contrató. Erik le dijo a Tompa que la compensación. Teníamos que tomar cuando supimos si todo entraba encerrada.

Tompa hizo la investigación durante más de cuatro días, y mientras tanto,, Erik habría llegado con alguna solución inteligente que podría arreglar esta entrega. Cuando Tompa le dijo lo que tenía, no era exactamente lo que Erik quería oír. Encontrar tanto filete de carne parecía totalmente imposible, lo más cerca que podían llegar, era un suministro con diferentes carnes. Había mucha carne, solomillo de cerdo y otras carnes, que se contaban como delicias. Erik decidió reunirse con el cliente el mismo día, cuando Tompa también recibiría una copia de las notas de envío que compilaban el contenido de este camión refrigerado.

Cuando Erik más tarde en la noche mostró al comprador estas facturas, de embarque, los miró durante mucho tiempo, y luego dice que lo toman. El cliente se inclina hacia adelante desde el sofá en el que está sentado, me mira y dice. Ahora sabemos que no quieres engañarnos, y Erik todavía no entendía lo que quería decir con eso? Por qué querría engañarlos? Sería francamente estúpido, y significaría una muerte rápida, y entonces fue como Erik se fue alavieja abuela siempre solía decir, *que no deberías morder* la mano que *te alimenta.*

El cliente entonces dice que durante mucho tiempo, ellos mismos trataron de hacerse con la cantidad, pero ni siquiera ellos con sus contactos pudieron arreglarlo, dice el cliente, cuando Sam había dicho que lo había arreglado, se preguntaron claramente cómo sucedió, cuando sabían que era prácticamente imposible conseguirlo, optaron por esperar y no actuar contra él, como una acción violenta contra el cliente significaría una pérdida total para ellos.

Un juego que básicamente significaba que Erik ayudaba al cliente, y al mismo tiempo salvar el de Sam, pero estas reglas del juego no se hablaban. No creo que Ssoy quería permanecer en la cárcel y noestar satisfecho, ya que tenía asuntos pendientes con estos tipos, y que estaba bajo amenaza, no había duda. Tan seguro que Ssoy estaría muerto si Erik sefuera ahora. Ahora la presión comenzó a sentirse sobre Erik, que sólo quería tener una vida tranquila.

Hemosdetectado un problema desconocido. bueno, no, no! Cómo puedes disfrutar de una vida, cuando no tienes vida, tanridículo, tought él, Erik entendió en el momento que su vida no estaba mejorando, y la realidad era que Erik justo en el momento estaba experimentando, y aunque se sentía un poco deprimido con un montón de must-haves, Erik quería sentir la sensación que tenía, y que lo hizo entero, o presente en el momento.

Henke había convocado durante el, día a varios miembros de la Organización para ver cómo se resolvería el problema de Erik y si hubiera alguna sugerencia. No hayexactamente una falta de sugerencias que hicieron, y había algunas personas que aparentemente odiaban a Erik por matar a uno de los suyos. Mamá Grande estaba celebrando la gran caja para la Organización, así que Henke no quería estrangular su autoridad.

Para empezar, dijo Henke, sólo unos pocos de la Organización están en esta reunión. Entonces sólo el círculo interior está presente, algunas personas son como Erik completamente inconscientes de esta reunión. Las personas que estaban con Erik eran Bob y Jim OneBone. Había habido dos campos, pero nadie sabía de esta distribución, ni siquiera Erik. Henke se dirigió a los demás de la Organización para aprender lo que se debía hacer con Erik, y quién llevaría a cabo la acción, pero nadie quería alzar lavoz, meconvertí en una maldita vida como si alguien de la Organización volcara o arroje una vajilla entera.

Fue la cocinera de cianuro la que se dirigió directamente hacia la gente del grupo, y miró con los ojos puestos en voz lejos, después de todo lo que había oído en la reunión desde la cocina. Cómo diablos se puede pensar que Erik haría eso sin razón Ella dijo, usted vaa tener que ir a follar how incluso se puede pensar que Erik lo hizo, maldita debería avergonzarse de sí mismo,, lo he conocido desde hace muchos años, y ni siquiera ha habido tendencias hacia tales cosas. Henke claramente preguntó por curiosidad si el Cyanide Cook estaba un poco enamorado de Erik, ya que Henke rara vez había escuchado un discurso de defensa de otra persona en la Organización. Suena como un amor infeliz prevaleciendo, y se rió un poco, incluso si no era hora de la risa ahora.

No! Dijo el cocinero de cianuro, ahora eres ridículo,y yo noestoy enamorado, y volví a la cocina otra vez.

Poco después de su discurso, había una persona grande, una montaña muscular a la Organización, que estaba dispuesta a poner una bala en la cabeza de Erik, cuando ese bastardo había traicionado su palabra, y a sangre fría mató a Anton. Ni siquiera merece ser uno de nosotros. El tipo quería hacer una diferencia, cuando un hombre que parecía una pasa, y con fuerzas que se habían agotado hace muchos años, informó al tipo que había sido tan arrogante y parecía duro. Parecía una montaña de músculo, y su cerebro estaba en sus brazos. El hombre que se dirigía al motociclista era GammelMan y había estado en la Organización durante muchos años, y no muchos sabían su nombre.

Todos se quedaron completamente en silencio porque no era a menudo GammelMan tenía algo que decir.

Ahora lesvoy a contar información importante sobre ese PointMan, así que todos estos idiotas se callan y todo el mundo sabe con lo queestamos tratando. Bueno, cálmate conmigo! Dijo la montaña muscular.

Maldito pedazo de mierda, ahora vas acallarte, escuchar y no jugar idiota. Respondió GammelMan y continuó diciendo, No creo que usted sabe lo que es un PointMan? No, dijo la montaña muscular.

Muchagente sabe que un PointMan tiene algo que ver con los militares, dijo una persona sabia en el grupo.

Yes, that es bonito, derecho GammelMan dijo, pero hay dos variedades de un PointMan que existen, y Erik no está entrenado por los militares y su conocimiento. No, este es un PointMan que es entrenado por la Organización con mucha capacitación en muchas partes diferentes de la vida.

Oye, oye, oye. Qué tan difícil puede ser disparar a la persona en cuestión, y por lo que el problema ha terminado, cuando Erik ha hecho un montón de cosas negativas y crímenes, dijo muscle mountain.

Volveremos a esto más tarde", dice Gammelman, que sigue contando sobre PointMan.

Bueno, un Pointman. Es más avanzado que hacer trabajo. No, un Pointman de pleno derecho debería ser capaz de hacer trabajos para diferentes organizaciones, pero también ser capaz de mediar entre estas partes, aunque sólo ese poco, para mediar, Erik no estaba tan interesado en. Muchas, veces había organizaciones pesadas detrás del producto.

El comprador podría ser una empresa común y corriente, que quería las cosas. A continuación, la Organización despliega su Pointman, donde actuó como una forma de herramienta de conversión entre estas partes.
De repente, Erik se había visto obligado a un papel similar en el personaje de Pointman. Un papel que significaba que Erik tomaba conscientemente grandes riesgos personales. Si

algo salía mal, él mismo estaba en hielo delgado. Al principio, a la policía le resultó extremadamente difícil colocar a Erik, o a qué organización pertenecía, como Erik ahora sabe después, y desconcertó enormemente a la Organización. Cuando juegas con bandas criminales tan pesadas, la policía tiene una gran cantidad de recursos disponibles. Sesuponía que el crimen de Organized debía ser monitoreado.

Cuando Erik se mudó a esos círculos, rápidamente quedó bajo vigilancia. Ahora se convirtió en un criminal aún más pesado, y la policía pronto siguió cada paso que dio, a saber, había terminado en uno de sus registros más hogarianos. Se llama ASP y es un registro de reconocimiento en el que Erik estaba. Es algo que Erik descubrió mucho después.

Un PointMan está entrenado para armas, explosivos, explosivos dirigidos, municiones, pistolas, revólver, rifle de asalto, lanzagranadas, ácidos, cal, pero también en el lenguaje, Erik manejó 3 idiomas, así como 2 lenguajes de programación. Arriba, como si no fuera suficiente, Erik tenía un alto coeficiente intelectual. Y tenía una debilidad o fuerza que siempre estaba solo. Eligió ser él mismo, un oso solitario que probablemente dejó una marca en él a lo largo de los años. Rara vez, o nunca se podía ver a Erik feliz o que se echó a reír. No, ya no estaba en su vida, y puedo decírselo a todos en esta habitación. Dice GammelMan, y continúa diciendo, siéntase libre de conseguir un enemigo, pero primero ver lo que usted como persona tiene delante de usted. Estás sentado aquí diciéndome lo que debes hacer con Erik... pero es quizás Erik quien viene después de ti, y luego tienes un problema llamado lo suficientemente bueno.

Henke y los demás de la Organización comenzaron a ponerse de color gris. Sí, dijo Henke, ahora sabemos lo que tenemos delante de nosotros, y parece apropiado si todos están de guardia. El anciano se volvió hacia la montaña muscular y le preguntó si ahora sabía lo que era un PointMan, y asintió con la asintió con la asintió con la infiesta con él.

Henke, que era el líder, entendió que Erik será un problema si utiliza sus conocimientos en la Organización. Estaba esperando a que Bob volviera de la planificación en la que estaba, con Erik. Bob no sabía nada de la reunión.

Bob vino después de un tiempo y Henke aprovechó la oportunidad para llamar a Bob a la

Organización, se veía un poco reflexivo cuando Henke lo llamó.

Bob. Henke dijo. Creo que tenemos muchos problemas por delante.

Lo hemos hecho? Bob dijo. Nuestro amigo Erik ha matado a Anton. Henke dice. Bob creyó que el primer Henke se burlaba de él, pero se dio cuenta de que era bonito,, pronto ese no era el caso, pero esperó lo que Henke diría. Cómo diablos pudo pasar eso? Bob se preguntó.

Sí. Henke dijo, me pregunto también, pero comienza con el único hermano diciéndome con confianza que Erik mató a Anton, y así es como es.

Todos en la Organización no saben que tuvimos una reunión, pero tú, Bob, eres mi mano derecha, así que está bien.

Henke se sentó y pensó en si vendería a Erik cuando lo hiciera a Anton.
Y se preguntó si se burlaría del Agente McGill y, por lo tanto, utilizaría lospoderes de SAPO de una manera positiva para la Organización. Pero, cómo diablos se vería? Henke pensó.

Henke pensó, wiLlamaré al agente McGill.
Ella contestó su celular, y Henke dijo hola.

McGill, tenemos que hablar de algo que ha pasado. Henke dijo. Quiero que nos encontremos en un lugar de despilfarro porque puede parecer extraño.

Cuál es el punto? McGill dijo.

Pero no quería hablar de ello allí.

Al mismo tiempo en otro lugar, Erik se puso de pie, y planeó la venganza que estaba pasando, y no sabía lo que Henke estaba haciendo. Erik quería que pudiera darle una solución a su amigo, para que no fuera golpeado hasta la muerte en la cárcel.

El cliente quería que Erik organizara el transporte hasta la capital, y desde allí tenían gente en sí, y tan pronto como el camión llegara a la capital, el trabajo de Erik se haría. Quería volver a la planificación delpuerto trans en sí y tel cliente no queríasaber, ya que sólo quería saber cuándo el camión podía llegar a la capital. Erik terminó yendo a casa a Tompa en,, con el fin de coser la bolsa. Justo cuando se iba, el cliente entrega una bolsa de plástico, una bolsa ordinaria que se obtiene en la tienda cuando se compra comida. Se lo lleva a Erik, y dice que ahora le pagan por el trabajo.

Capítulo 15

Erik mira hacia abajo la bolsa y se asegura de que hay una gran cantidad de billetes en diferentes denominaciones. El cliente dice que están en pequeñas denominaciones porque es más fácil para Erik deshacerse de, ya que no brillan tanto como billetes grandes.

No. Erik dijo. Te cobraré cuando termine el trabajo. Las cosas pueden salir mal,, y yoseré responsabledel pago.

El cliente trató de asegurar a Erik que no le harían ninguna demanda si la policía los arrestaba, luego lo dijo, no quería oír. El cliente dice que hará mucho negocio en el futuro, con una pequeña sonrisa en la cara. Una sonrisa que Erik sólo una vez antes vio en el último golpe. Erik sintió lo sombrío que se vería su futuro, con un montón de must-haves, y un cliente que acaba de dar por sentado que estaba interesado en estos trabajos.

Cuando se trata del crimen, se puede describir este mundo como una gigantesca telaraña, donde todos están en contacto entre sí de una manera u otra. Lo que significa que si haces demasiado tonto, o haces malos trabajos, se propaga rápidamente. Cuanto más lejos en la tela de araña tienes, más poder tenías.

Como usted entenderá, Erik estaba muy lejos en el borde y estaba en el medio de ella, como un Svensson había llamado una carrera, y donde se daría un nombre como se ha dicho antes. Erik comenzó a obtener más y más comprensión de cómo todo estaba conectado. Esta telaraña era una escalera de carrera, y uno subía lentamente más cerca del centro de la red. Era este círculo íntimo lo que todos los criminales querían llegar a, pero esos pocos lo hicieron. Era como en el mundo real, lleno de muchos obstáculos y escollos, pero la diferencia era que éramos matones, con mucho gusto tomamos un atajo.

Erik condujo a casa a Tompa para hacer la última planificación que se requería para que el trabajo tuviera éxito. Ahora tenían que encontrar las debilidades que nos darían la oportunidad de tener éxito. Tompa había encontrado un colega que estaba cansado de su empleador, que parecía pagar demasiado a este conductor. Por alguna otra razón no podía ver, ya que podía establecer su plan que era el siguiente. Erik le dijo a Tompa que arreglaría una serie, de tapones de mal resplandor para el camión que secuestrarían. Las bujías luminosas son el equivalente a las bujías en un automóvil normal, pero los motores diésel en su lugar tienen bujías luminosas. Cualquiera que haya conducido un coche que no funciona en todos los cilindros sabe que es difícil de hacer si se produce, y la intención era que este conductor conduciría a un área de descanso más grande. Lugares donde la gente puede parar para tomar café, pero también donde los conductores pueden pasar la noche. Entonces usarían la misma frecuencia de radio que esta compañía de transporte usó en su radio.

Al conducir en un lugar así, el conductor fue capaz de intercambiar los enchufes de resplandor por bujías que funcionaban muy mal. Estos tapones de resplandor tenían a Tompa en el taller donde solían reparar los camiones. Mientras cambiaba esosresplandores, no se pondría en contacto con ellos. En su lugar, esperaron a que este conductor le hiciera una solicitud a su empleador, a través de la radio de la comunicación si había otro conductor que estaba libre,, y que posiblemente podía tomar su conducción, cuando tenía que conducir al taller con su camión conel sombrero que enrealidad said era que el remolque estaba en la escena, y que comenzó a conducir al taller. No querían que el tipo se metió en problemas. Con sólo llamar al camión de transporte para el que conducía, les dio el visto bueno para recoger el remolque con la carne, pero sólo para encubrir el botín real, entonces la historia fue que el conductor había tenido un descanso durante el tiempo correspondiente que tomó cambiar los pasadores de resplandor. El hecho de que se había detenido también podía ser certificado por personas a su alrededor, que habían conducido a la zona de descanso, pero la prueba más importante de esta ruptura fue el tacógrafo, que todos los conductores profesionales han instalado en el tablero de mando. Está allí, para que la policía pueda comprobar que el conductor no condujera demasiadas horas sin un descanso. Una cubierta perfecta. Entonces los tapones de resplandor eran malos, que, también, podría ser revisado después.

Tompa recogió el remolque con la carne, con el tractor del remolque que el cliente había arreglado. Luego lo condujo a una zona boscosa, donde el segundo remolque estaba vacío. Cuando llegó, todo lo que tenías que hacer era volver a cablear y recargar. Skane county es un paisaje plano y no querías conducir con un remolque. Ahora este maldito carga comenzó de nuevo. Sólo tenían guantes de construcción ordinarios para usar en sus manos, donde el frío pasa rápidamente. Se cansaron mucho, necesitarían 20 hombres, entonces era mucho para continuar. Cuando terminamos de llevar, las manos como dos palitos de pescado congelados se dijeron suavemente. Erik había recibido un número de teléfono del cliente, a quien enviaría un mensaje de texto. La notificación estaría completamente vacía, nada escrito, que nos decía que los bienes se dirigían hacia la capital, hacia el lugar expuesto. Tardaría 10 horas en llegar a este destino. Por lo tanto, una ronda de "mantener la velocidad". No *querían conseguir los dedos de* la policía en esta entrega. La ronda tomó un poco más de tiempo cuando había un montón de obras de carretera. Cuando llegó el camión,

El trabajo de Erik estaba listo, y el pago que ya había recibido, así que fue una fiesta, cuando Tompa regresó.

Había una barbacoa con mucho alcohol, pero por alguna razón no asaron carne.
El cliente estaba muy,, satisfecho con el trabajo y abogó por una gran cooperación futura. Erik tenía un bonito,, buen capital en su bolsillo. Tompa y el otro conductor ahora obtendrían su parte del pastel. Puesto que no habíamos hablado de ello antes con más detalle, sólo había una negociación ahora. Tompa me preguntó e qué había conseguido para el trabajo. Una pregunta que preferí evitar responder. Erik dijo que podían decir lo que quisieran. Se suponía que Tompa pagaría a su colega por lo que recibía en pago. Tompa pensó que un 25 tal vez 30.000 SEK para ambos

trabajos era razonable. Entonces fue como si tuviera un Flashback y pensara en lo que el hermano de Sam había hecho al contacto dentro de la terminal. Entonces no se vería bien, si Erik se enamoró de la codicia. Erik le dijo a Tompa que recibió 65.000 SEK para ambos, y que no le importa lo que da su contacto, pero asegúrese de que se calló, y que basaría esa cantidad que era razonable, para garantizar que lo mantenga en silencio. Ahora nunca puedes garantizar que alguien se callará, pero dándoles una cantidad con la que se sintieron felices, esa cosa hizo las cosas un poco más seguras. Erik mismo, como probablemente ya calculó 135.000 SEK, pero también había mucho trabajo para planificar este golpe.

Tompa le gritó a su anciana y le dijo que podía ir de compras todo el fin de semana si quería. Acostado bajo, no creo que estuviera en su vocabulario, que ahora se convirtió en un problema para él. Ahora que le prometió a su esposa que comprara todo el fin de semana. Usted puede, no hacer promesas como esa a su esposa, y entonces usted puede, no dejar que actúe. No, ahora tenía un problema que a Erik le importaría una mierda cómo lo hacía con sus dólares, pero si se notara que su familia actuaba grande y ampliamente, podría llevar a muchos problemas innecesarios para Erik. Si este Tompa llegara en un interrogatorio policial, uno llevaría al otro, y eso podría haber terminado con su esposa en interrogatorio. Entonces nos habían jodido. Y tú no eres más fuerte que el eslabón más débil.

Tompa estaba en el nivel más, naive, cuando no creía por un segundo que esta obra podría derivarse del juicio. Hubo algún altercado entre Tompa y Erik, y esto le dio he una mayor comprensión de lo importante que era poner bajo. Tompun colega de Tompque dejó el remolque en la parada de descanso, fue llamado rápidamente para interrogar a la policía para contar por qué dejó los bienes atrás, pero su historia era sostenible, y que la policía podía comprobar después del hecho. Pero donde fue la carne, aún no está resuelto. El crimen está ahora prescrito.

Ahora que ha esbozado esto por encima del crimen, sus propios pensamientos son la razón por la que no leimportaba, un carajo por hacer más crímenes por un tiempo. Dado que Erik había ganado dos años de salario en dos delitos en el momento en que se llevó a cabo este crimen. La cantidad ganada por estos crímenes fue de 335.000 SEK. Una cantidad que era mucho dinero en ese momento, pero no creo que estuviera contento con él. Probablemente.

Erik pensó que era genial para tener éxito con estos crímenes, que también pensó que eran realmente,, inteligente por lo que escuchar por sí mismo. Adónde iba Erik? Un alma confusa que trató de vengarse, mientras que tiende a hacerlo ilegal, legalmente puramente mental.

Erik había comenzado a dar a la codicia una cara cada vez más clara, pero donde él, como persona, había puesto los pies en el valle de la negación. El cliente le preguntó a Erik para quién, trabajaba? Ahora había habido problemas completamente nuevos en su cabeza que estaban moliendo. Quién era Erik? Qué estaba haciendo? Todas estas cuestiones auto-centradas se habían vuelto cada vez más. Mientras que él negó todas las malas agravios y quebrantar la ley que él mismo hizo. Erik trató de rebobinar la cinta en su cabeza, conel finde ver su propio papel en esta miseria, que sólo le hizo sentir mal, pero que el rebobinado se fusionó con enredos en la cinta.

Por qué no podía pensarlo? Fue su cuerpo el que se defendió soldando la puerta a los acontecimientos por los que había pasado? Todo se sintió raro. Por qué hubo tales bloqueos? Entonces Erik no podía pensar en ello, aterrador que era tan malo.

Cualquiera que sea, o haya sido un criminal, es perseguido por estos problemas, tarde o temprano. Cuando aparecen las preguntas y el remordimiento, sólo hay dos cosas que hacer. Lo que se debe hacer es romper el modo de vida destructivo y pedir ayuda rápidamente. Esto podría volver a la sociedad. Es la visión teórica que no funciona en la práctica. De hecho, muchos criminales se dan cuenta desde el principio de que no es una vida sostenible, pero usted tiene, para obtener ayuda profesional en romper el comportamiento. La sociedad generalmente reacciona demasiado tarde, y muchas veces la sociedad no reacciona hasta que alguien es sentenciado a algún tipo de castigo. La prevención es incluso mala,, y aparentemente siempre lo será. Aunque las autoridades han mejorado, sus esfuerzos son como un grano de grava en el mar. Las consecuencias que se producen, de la ausencia pasiva de las autoridades, se pueden comparar con cortarse el dedo. Después de un tiempo, la herida sana, luego la costra se cae, pero la costra siempre está allí. Con ese Erik diciendo que si las autoridades esperan con sus medidas preventivas, finalmente consiguen que los malos entren, con diversas medidas penales como la prisión, pero no importa cuán buenas sean las prisiones o las medidas de atención, entonces siempre habrá una persona con una personalidad marcada.

Erik había comenzado a pensar en qué papel, como un criminal que él mismo tenía. No era uno de ellos en ese momento, pero todavía hacía mucho trabajo para varias organizaciones, que querían sus servicios. En la sociedad ordinaria Erik había sido visto como un recurso que estaba ligado a la clientela equivocada, pero durante la primera parte de la carrera criminal de Erik, su misión era como cualquier trabajador independiente, con la gran diferencia de que Erik constantemente tenía que violar la ley, con el fin de hacer su trabajo. Se enteró de que estaba inscrito en el registro DE ASP, en un juicio, cuando el fiscal lo había escrito en su solicitud de arresto. Que debía ser detenido por amenazas ilegales y que había un gran riesgo de que Erik llevara a cabo estas amenazas, pero también que era un criminal más pesado y que era miembro de asp. Se podría decir que el tribunal de distrito aprobó los deseos del fiscal a través de algunas palabras clave.

Dijo las palabras ASP, Clubes, amenazas ilegales con bates de béisbol then fue detenido con restricciones completas tél pequeño maldito fiscal que sólo era tres manzanas de altura,, pero estaba tan enojado por la audiencia previa al juicio que se podría pensar, que tenía al menos 2 metros de altura. Se fue completamente al techo cuando oyó la palabra "club" o similar. Le encantaba poner a Erik tras las rejas.

Según el Fiscal, la detención fue por una recuperación que Erik habría llevado a cabo, lo que había hecho. Erik había recibido un nuevo tipo de asignación donde recuperaría una deuda y asustaría a un tipo. Normalmente, siempre había dos en tales recuperaciones, pero se juzgó que era una recuperaciónbastante, simple y que Erik como una persona era como un loco con un bate de béisbol Erik no hizo mierda por eso en ese entonces yot era un momento que probablemente debería haber sido examinado mentalmente. Mentalmente, no tenía inhibiciones en ningún nivel.

Erik se iba a este trabajo, y estaba casi 170 km hasta la meta. Que tenía un trabajo que hacer era lo mismo que tú fuiste prometido al objeto, que es la persona de la que obtendrías el dinero. Como, mientras el trabajo no se hizo, uno estaba comprometido con esta persona. Ahora uno puede preguntarse por qué dices,, prometida?

La palabra prometida viene como la mayoría de la gente sabe por la palabra comprometida, pero en tiempos antiguos se llamaba prometida cuando le diste a una chica un anillo de compromiso y le prometiste, casarse con ella dentro de un año, pero en el inframundo esta palabra tiene un significado completamente diferente. La palabra llega al principio del asesino profesional que lo tenía como fuente de ingresos. Cuando obtuvieron unartículo que iban a ejecutar por una suma de dinero. Muy a menudo había varios asesinos en el mismo objeto. Por lo tanto, estos asesinos fueron inicialmente prometidos con el objeto, hasta que el trabajo fue completado.

Por mi parte, se trataba de las rótulas del objeto o un hueso de la nariz roto. Erik estaba dispuesto a llegar tan lejos como quisiera. Est is horrible decirlo, pero así es como se había convertido en una persona.

El agente McGill llegó después de un tiempo al punto de encuentro Henke y ella había decidido previamente. McGill se preguntó qué quería Henke porque no estaba tan cómoda cuando estas dos personas se conocieron.

De qué querías hablar? El agente McGill dijo.
Porque quiero que sepan que no quiero
resolverlo de esta manera cuando,, ustedes dos
están en dos campos diferentes.

Henke dijo. Tengo algunas preguntas, lo son
todo. El agente McGill levantó las cejas y se veía
ligeramente preocupado, aquí estoy con el Líder
y el juicio, así que habla de mala conducta. El
agente McGill dijo.

Bien. Henke dijo, para decirte lo contrario. Me
preguntaba si tenías que llevarte a la persona
que mató,, Carl? Pregunta a Henke

Qué? El agente McGill dijo... y lo sabrías? Se lo
dijo a Henke.

Sí, conozco a McGill, pero te va a costar, así que
lo consigues", dice Henke.

Cuánto costaría? aEstoy seguro de que puedo
arrest arte por algo. Agente de respuesta McGill

Entoncesno tendrás al asesino de Carl. Así que,
piénsalo. Te lo haré saber. Dice Henke tgallina
que ambos fueronpor caminos separados.

Erik había comenzado a caer estos 170 km que
tenía delante de él y comenzó a pep a sí mismo
desde la primera milla y hasta que llegó. En el

auto tenía un bate de béisbol en casa del tipo más rudo. Erik pensó que los bates de béisbol que estaban en el mercado eran simplemente demasiado débiles, y se inclinaban con demasiada facilidad, y quería hacer un buen trabajo. Cuando Erik llegó, mira hacia arriba en el apartamento donde vivía el objeto, y estaba encendido con los guantes y agarrar el bate de béisbol. Como el propio Erik estaba en esa colección, también tenía un arma con él una Beretta 92F,, un arma que los oficiales militares estadounidenses tienen como arma estándar. Erik se bajó del auto, y hacia la puerta. Cuando subió al piso correcto, la puerta en la que iba ya está abierta entreabiertas. Erik comenzó a sentir problemas cuando se sentía como si hubiera recibido malas vibraciones.

Estaba encendido en las escaleras donde Erik estaba de pie y por lo tanto no quería levantar su arma como lo había hecho en el saltador a sus espaldas, porque podía haber gente mirando por la mirilla en sus puertas. Después de unosminutos, la luz se apaga en las escaleras y Erik pone la madera de la pelota contra la pared del hueco de la escalera para poder sacar su arma y hacer un movimiento de capa. Ahora estaba parado allí, con un arma afilada y un bate tquela adrenalina bombeó en bastante,, así que Erik tomó un papel donde no era realmente él mismo. La persona enferma y poseída en la que se había convertido, ahora entrar en el pasillo,, y continuó en la sala de estar. No había nadie. Erik revisó todas las habitaciones adyacentes para cualquier persona que pudiera haber sido el conocido de la víctima o similar, y entendió que la persona había tirado de su apartamento, en todas las prisas para salvarse.

Erik camina nuevamente desde el apartamento y escucha que hay hablar desde el lado del apartamento de. Se oyó como si alguien está de pie muy,, cerca de la puerta y presionado. Un sonido que se produce cuando se tiene un espacio entre el marco y la puerta, y cuando se presiona contra él se convierte en un sonido que se produce. Rápidamente Erik arrebató abrir la puerta que estaba abierta y dentro de la puerta se encuentra un tipo con un teléfono móvil y hablando. Habló con el tipo que Erik estaba buscando. El tipo que estaba buscando había visto el coche de Erik y luego se enojó con su vecino, para bajar rápidamente a través de los balcones en la parte posterior de la propiedad. El chico en el pasillomás, o menos caer hacia atrás y empezar a arrastrarse en su apartamento, mientras que él dijo no dispararme, no disparar! Estaba ligeramente aterrorizado.

Erik aseguró su arma y la puso a sus espaldas de nuevo. El tipo comenzó a calmarse un poco cuando ya no vio el arma de Erik. Erik vio lo asustado que estaba, su labio inferior temblaba de miedo a pesar de que Erik no lo había amenazado de ninguna manera, pero en su mundo esta intrusión era más que suficiente. Al principio,, no sabía adónde había ido el tipo, pero después de un poco de persuasión le dijo que el tipo había conducido a casa con sus padres. Erik le dijo al tipo, si estás mintiendo, vas a tener que buscartus rótulas por el resto de tu vida. Entendió claramente el mensaje de Erik. Consiguió la dirección de sus padres y le deseó una buena noche. Como Erik no tenía conocimiento local de la ciudad en la que se encontraba, tuvo que buscar una gasolinera para conseguir un mapa. Después de localizar la dirección, condujo a la entrada de sus padres.

Capítulo 16

Había invierno y algo de nieve en el suelo. En el patio parecía que todo un equipo de fútbol había corrido por allí. La nieve fue pisoteada en casi todas partes. La casa estaba oscura, sin luces brillaban, sólo una poinsettia en algunas de las ventanas. Parecía la casa que Dios olvidó, completamente abandonada. Erik caminó por la casa para ver a través de las ventanas, pero toda la gente brilló con su ausencia. Alprincipio, pensó que el tipo no había conducido aquí en absoluto, pero todas las huellas que habían empujado la nieve por la entrada, se hicieron recientemente. Cómo sabían que Erik vendría aquí? Había hablado el vecino, advirtió a, estas personas? Erik estaba furioso y con mucha determinación llevaría a casa a este vecino de nuevo, pero esta vez sería muy claro por loque, el tipo tomó el mensaje Erik estaba ahora completamente convencido de que este vecino estaba detrás de este intento fallido de recuperación, lo que significaba que en los círculos criminales uno podría perder su cara. De vuelta en la calle donde vivía el vecino, ahora vio que esta persona aparentemente también había emigrado. Todo estaba negro. Erik pasó y conectó una ronda con el coche, para que

pudiera sentarse en el coche y ver, si había
alguna actividad en los apartamentos.

Erik no había pasado muchos minutos en el
coche cuando un coche de policía se desliza
hacia él. Fue rápidamente hacia abajo con la
cabeza hacia abajo antes de que lo vieran. Allí
Erik se sentó con un arma afilada, y en su bolsillo
y tenía un puñado de Stesolid 5mg. La policía
que no vio, pero siguió pasando lentamente por
delante de mí. La velocidad de la oreja h
aumentó bruscamente. Sentí que él era el que
estaba siendo perseguido en su lugar. Erik se
bajó del auto, pero dejó el bate de béisbol
cuando estaba a punto de dejar el coche. Erik
había recibido las tabletas por sus supuestos
amigos, en caso de que le resultara difícil hacer
la recuperación, ya que puede llegar a ser muy
sangriento. Pero como dije, se alejó del coche
para encontrar un callejón más pequeño o
similar. Erik tuvo que dejar caer todas las
píldoras en un pozo en el camino. Era
absolutamente el más seguro, ya que todavía
pensaba en si algún niño encontraría estas
tabletas, que podrían haber tenido graves
consecuencias que Erik no quería.

Cuando Erik tiró las píldoras, caminó por el
vecindario, y se acercó a un hotel, pensando que
estaba reservando una habitación con un

nombre falso y pagando en efectivo, así que se llevará la recuperación mañana. Cuando llegó a la recepción, hay dos mujeres. Era bastante tarde por la noche, así que tuvo que tocar una campana para que se abrieran las puertas, para poder entrar. Cuando Erik entra, en contacto con uno de los empleados del hotel, ¿le pregunta qué cuesta tener una habitación individual? Cuando él se acerca a decirle cuál es el precio, Erik mira su placa que ella tenía en su chaqueta. Era el mismo apellido que la persona donde iba a hacer la recuperación. Este apellido era un nombre muy inusual, por lo que reaccionó inmediatamente cuando vio el nombre. Erik rápidamente tuvo que venir con una disculpa cuando dijo cuál era el precio.

Oh. Dijo, tendréque seguir buscando. Simplemente era demasiado caro para sólo una noche. Erik le dio las gracias y salió del hotel. Cuando salió del hotel, pensó.qué pequeño es el mundo. Aquí corres por una ciudad de la que tenía poco conocimiento. Encuentra un hotel, y hay un pariente del objeto. Si se conocían o no, era extraño de todos modos. Erik llamó a sus amigos en el frente de casa, y su consejo era retirarse de inmediato. Ahora había marcado lo que eran capaces de, que en muchos casos era suficiente.

Pero no! Erik se habría apoderado de este tipo, y si se apoderara de su vecino, era una ventaja. Comenzó a caminar por la ciudad mientras esperaba el regreso del objeto. Empezó a llegar un poco más tarde en la noche y erabonito, frío al aire libre. Había una Galleria con tiendas. Erik fue a comprarse algo para masticar, pero acababa con un chocolate. Cuando se calentó un poco, salió del centro comercial para continuar hacia su coche. Erik no se acostó tanto del centro comercial cuando de repente empezó a oler a policías. Suficiente para que fuera una ciudad más grande, pero ahora la policía estaba de paso, cuando se sentía como si toda la policía hubiera llegado a esa ciudad, o estaban detrás de Erik?!

Erik temía que estuvieran tras él. Los fiscalestenían, una tendencia a ser detenidos por lo más mínimo. Estaban buscando errores y crímenes todo el tiempo, pero esta vez resultaría que el vecino del objeto no sólo había advertido al objeto, también había tomado el cuidado de llamar a la policía. Resulta que el tipo Erik habría agarrado, si como dije hubiera saltado por la parte trasera de la propiedad, y corriendo a la carretera para tomar el número de registro del coche, Erik había entrado. Cuando la policía se enteró de quién era Erik, dio una vuelta, pero no lo sabía cuando entró en la plaza.

Erik trató de alejarse de la plaza, y comenzó a correr a medias en el centro comercial, saliendo así al otro lado del centro comercial. Ahora estaba buscando un callejón de nuevo, y ahora había crimen en la cocina. Erik tenía un arma afilada enél, y no quería ser arrestado con eso, y lo único que pensaba era encontrar una alcantarilla de nuevo, entonces mi problema se habría ido. Empezó a vislumbrar una alcantarilla con barrotes, ahora pensó Erik, y comenzó a buscar el arma con su mano izquierda, así que sabía que estaba allí. La tubería era realmente,, frío cuando hacía frío afuera. Erik se apoderó del arma, sacó la revista e hizo un movimiento de manto para que el disparo en la carrera fuera. La idea era tirarlo entre la rejilla, pero resultó que el arma era simplemente demasiado grande. No es fácil pasar un buen rato, si una rejilla así podría levantarla, así que ahora era cuestión de pensar rápidamente. Erik miró el cargador al arma y pensó que el pequeño talón que está en la parte inferior de la revista podría ser útil, así que levantó la parrilla. Condujo por un pedazo de la revista para moverse por el talón,, así que se enganchó a la rejilla, lo que hizo. Erik levantó la rejilla tanto que salió un poco en el borde de la calle, para que pudiera agarrar alrededor de la rejilla de la alcantarilla. Sólo bajó su arma y su cargador, y luego supo si tenía algo que pudiera ser directamente inapropiado en caso de un arresto.

En otro lugar de la ciudad...

Henke optó por hablar con Bob, ya que Henke pensó que el agente McGill había arruinado la situación en la que Henke no sabía cómo hacerlo y no quería ser visto,, como un maldito chirrido squeaker con los demás en la Organización but cómo diablos los miembros lo percibirían ahora? Henke pensó.

Bob era un anciano, así que Henke le confió mucho. Bob pensó que debía comprobar por qué pasó esto, y por qué el agente McGill quería conseguir un pedazo del pastel?

Mira, realmente no lo sé, pero supongo que quería levantarse", dijo Henke.

Sí, tal vez sea así de simple. Bob dijo.

Bob se preguntó en silencio lo que Erik estaba haciendo, y lo que esa Big Mama tenía para algunos planes dudosos con McGill

Pareces preocupado, Bob. Henke dijo. Qué pasa contigo? Henke preguntó.

No, no tiene nada que ver conmigo. Bob respondió, pero pienso en por qué está pasando esto ahora? "No puedo liberar a Big Mama o al Agente McGill, pero estoy casi seguro de que esto resultará", continuó Bob, levantando las cejas que sólo él podría hacer.

Henke le dijo a Bob que por el momento, era posible dejarlo ir, y fueron sólo teorías las que crearon dolores de cabeza. Henke también dijo que el agente McGill se había pronunciado en las ocasiones en que ambos se habían conocido, pero se preguntan qué quería realmente.

Erik comenzó a deslizarse por la ciudad como una persona completamente inocente, pero así como los criminales ven policías, también lo hacen los policías ven a los criminales, tan seguro como Amén en la iglesia. Suena extraño, pero muchas veces es así, que se ven de alguna manera extraña, y eneste caso fue durante unas semanas atrás brilló por la policía (Se busca). que él tampoco sabía, en esta ocasión. Cuando el vecino del objeto complementó su informe con el número de registro del coche de Erik, voló a los oficiales de policía de la ciudad con el tambor grande. Los oficiales que normalmente cazaban borrachos y similares ahora tenían un caso relacionado con Mc con una persona buscada. Era una Nochebuena para ellos. Erik comenzó a experimentar esta ciudadmuy, pequeño y apretado. Caminó para poder ver su coche desde la distancia, pero no era hora de recogerlo, ya que había agentes de policía en ambos extremos de esa carretera. No es que fuera una sorpresa directa, pero Erik todavía no aceptaba que lo estaban buscando y decidió ir alrededor de la policía para conseguir unas cuadras de su coche. Cuando llegó a pocas cuadras de su coche, apareció en un camino diferente, para encontrar su camino fuera del centro de la ciudad misma. Cuando Erik comenzó a caminar por esa carretera, ahora podía ver un autobús de la policía hacia la izquierda, más arriba en una carretera adyacente. Un minuto después de ver este autobús de la policía, también habrá un coche de policía regular en la carretera donde Erik se levantó. Recogió su chocolate sólo para hacer algo para que no se vería extraño que él fue allí so pensó tan jodido,, estúpido pensamiento stupid por lo que se ruborizays sólo loescribe tque el coche de policía regular conducía bastante cerca de Erik antes de que se detuviera. Un policepolicía se baja y empieza a llamar su nombre, y entonces era hora de darse cuenta de que lo perseguía. Fue un policía de mediana edad que ahora poco a poco comenzó a caminar hacia Erik, con un policía detrás de él, con una mano en su arma de servicio. Este policía quería que todo fuera bien. Tienes un arma en la que te apuntó?

Se comportaron con mucha tensión y cautela. Erik respondió que estaba armado. Ahora se puso muy tenso. Se podía oír y ver a este oficial de policía tomar una posición completamente diferente y una posición de voz diferente.

Baja el arma! Dice, con una voz más asertiva.

Erik dijo que sólo está armado con un chocolate y que no tenía la intención de dejar cuando quedaba demasiado. El oficial le grita que baje el arma de nuevo.

No tengo armas! Erik responde.

No te creemos, es decir,, acuéstate you satanic psychopath shout, el policía..

Erik entendió que no apreciaban su "bromade chocolate". Cuando yace en el suelo, también hay agentes de policía de la carretera adyacente. Fueron los policías del autobús. Toda la atmósfera se había vuelto desagradable y tensa. Primero pusieron a Erik esposado en su espalda, pero después de una búsqueda, el policía mayor dice que iban a poner las esposas en el frente, si Erik se mantenía en calma.

Me sentí como una pérdida de energía innecesaria para defenderse. Cuando pusieron a Erik en el coche de policía, empezaron a conducir hacia la comisaría. Entraron en la parte trasera de la estación y entraron a través de un par de puertas. Una vez dentro del garaje, que no abrió la puerta del coche hasta que la puerta detrás de ellos estaba completamente cerrado. Antes de la apertura del policía, le dijo a Erik que se mantuviera muy tranquilo, y se aseguró de que no tuviera la oportunidad de salir de allí. Entonces Erik le preguntó a la policía qué había hecho? Una pregunta que ahora ha hecho variasveces durante el viaje. Simplemente respondió que Erik lo sabía muy bien. La policía se preguntó al mismo tiempo cómo Erik podría haber logrado asustar a toda una familia en sólo unas horas. Resultó que toda la familia del objeto estaba sentada en la comisaría cuando estaban aterrorizadas.

El oficial trajo a Erik a una oficina. Poco después del veredicto llegó otro oficial de policía, que se sentaba y esperaba a Erik mientras otro oficial de policía contactaba al fiscal para escuchar qué decisiones se tomarían en su caso. El policía que estaba en guardia pensó que era genial haber capturado la broma de Skane county. Tenía una manera bastante humilde y le preguntaba qué hacía la travesura tan lejos en el país, cuando no estaban acostumbrados a tener criminales de este calibre. Erik no tuvo una respuesta más larga, pero le respondió que era un negocio. Inmediatamente se preguntó quién no había hecho su negocio? Fue una pregunta que no fue respondida. Cuando este policía comenzó a entender que ninguna respuesta vendría de Erik, cambió de táctica y comenzó a hablar en general de esta ciudad en la que pensaba que no era interesante. Erik sólo quería escuchar lo que el fiscal tenía que decir y qué decisión había tomado. Tardaron al menos una hora en conseguir cualquier fiscal que quisiera tomaruna decisión.

También encendieron su númerodeseguro social para que la oficina de day's pudieratomar, una decisión. Erik sabía tanto que lo querían, así que el fiscal ya tenía una razón para encerrarlo, pero aparentemente querían atraparlo en varios puntos. Era sobre todo este nuevo caso, querían vincular a Erik. Después de una larga espera, el policía que esposa a Erik, entra en la oficina para anunciar que el fiscal había decidido arrestarlo por amenazas ilegales agravadas, posesión ilegal de armas que serían probadas por el testigo, ya que no tenía arma cuando lo arrestaron. Luego quiso mantener a Erik por robo en dos apartamentos y procedimiento arbitrario. Además de eso, ya era buscado, cuando se sospechaba que apuñalaba a un tipo duro en Skane county, así que probablemente este fiscal tenía todo en pie.

Erik pidió un abogado inmediatamente, que arreglarían hasta la mañana siguiente. Ahora era para devolver sus cosas. Cinturón,cordones, pendientes y bolsillos vacíos. Luego se llevó a la jaula detrás de las rejas de nuevo. Maldita sea que Erik estuviera a punto de entrar y salir como el peor síndrome de yo-yo, pero no tenía mucho que decir. Sólo podía acostarse y esperar a que el abogado viniera por la mañana.

Después de una larga noche, finalmente su abogado finalmente llegó alrededor de las nueve de la mañana. No era el que solían usar, ya que primero llegaría a, una fecha posterior. A Erik no le gustó el nuevo abogado, pero es un abogado de todos modos.

Empezó presentándose y dándome una tarjeta de visita con sus números de teléfono. Sedan me dijo que esto parecía difícil. Había testigos según la policía que vio a Erik con un arma, y que también dijo que lo amenazó con esa arma, que era una pura mentira. Aparentemente había percibido su audición como una amenaza, pero no había apuntado con un arma a ese tipo. Erik alejó el arma, pero la había visto, tanto que lo sabía. Ahora el abogado quería que se quedas y esperaran las próximas audiencias durante el día. Erik no quería ser interrogado, lo que claramente declaró a este abogado. Dice que ganan más respondiendo a las preguntas.

Este abogado y Erik claramente no tenían la misma opinión con respecto a los interrogatorios, pero sin embargo llegaron a la conclusión de que Erik participaría físicamente en estas audiencias. De acuerdo con la ley, usted tiene derecho a cualquier período de tiempo con su abogado, pero es, según él, una modificación de la verdad. Fueron llamados rápidamente a la primera audiencia cuando mi abogado había llegado.

Ahora había un nuevo oficial de policía que se presentó como inspector. Lo sería bueno.
Se preguntó si Erik quería aligerar su corazón y admitir cualquier crimen. Su abogado dijo que su cliente negó cualquier acto ilícito en todos los cargos. Luego comenzó a hablar de su "Objeto", que se había sentido amenazado por Erik. Extraño! Pensó. Erik ni siquiera había conocido al tipo en vivo, y el abogado respondió que su cliente ni siquiera sabía quién era esta persona.

Fue raro. El oficial dijo. La persona que hizo el informe ha descrito su bate de béisbol en grandetalle. Entonces, algo aún más extraño era que tu auto estaba parado debajo del apartamento del objeto? Pero lo que el policía pensaba que era absolutamente, sensacional, sensacional era que en el coche de Erik había exactamente el mismo bate de béisbol. Esto fue extraño?! El abogado se volvió hacia Erik y se preguntó si tenía una respuesta sobre por qué tenía un bate de béisbol en su coche.

Erik respondió que había empezado a jugar béisbol y practicó mucho golpear la pelota. El abogado y la policía se rieron por un momento. No sentía que creían en esta versión. Erik le dijo a su abogado que un bate de béisbol no era ilegal. La policía oyó lo que dijo. No. La policía dijo que no es tan,, siempre y cuando golpeas pelotas, pero si golpeas a la gente, se vuelve muy ilegal. El abogado de Erik señaló que no había nada en que su cliente golpeara a alguien con un bate de béisbol. Entonces su abogado le dijo que podría ser una coincidencia, que había un bate de béisbol similar en el coche de su cliente, como el vecino de Object había descrito,, tel oficial entonces dice que no podría ser unacoincidencia, yaqueeste bate de béisbol en particular estaba en casa se volvió y era el bate de béisbol más duro que había visto. El bate de béisbol tenía más de 12 cm de diámetro en la parte delantera de la madera.

El abogado miró un poco a Erik y luego le dijo al policía que casi no había nada que violar ninguna ley, como el policía tuvo que admitir. El oficial dijo que tampoco vio a un jugador de béisbol usando un bate de béisbol tan grande. Quería obtener una explicación de por qué tenía un bate de béisbol tan grande. Erik sólo tuvo que responderle, que los árboles de béisbol comprados se doblan fácilmente si golpeas una pelota. Sí, Erik respondió. El oficial lo mira como si se preguntara si Erik pensaba que estaba completamente caído detrás de un carromato.

Luego pregunta si Erik pensó que el "Objeto" percibió erróneamente sentirse amenazado por él, a lo que el abogado de Erik respondió, que se entendía con razón. El oficial quería saber qué estaba haciendo Erik tan lejos de casa.

Yo era libre y sólo quería verme alrededor de Suecia. Erik Inspector respondió. El oficial quería poner fin al interrogatorio y explicó que podía permanecer en la jaula por un tiempo más. El abogado de Erik dijo que podrían retenerlo por unos días. Erik le dijo al abogado que conocía estas reglas para dejar de decírselo.

De vuelta a la jaula otra vez. Era como si toda la policía corriería y miraba quién era Erik. Resultó haber mucho interés en quién era.

Si lo hago, conocido por este interés, he tomado un centavo cada vez que miraban,, en la celda donde estaba sentado. Habría sido mucho dinero, tought Erik. Empezó a llamar a la campana para que el guardia viniera.

Capítulo 17

Quiero llamar a mi abogado ahora! Dice Erik.

Tendrás que esperar a que vuelva más tarde.
Responder a la guardia, tsu fue en realidad un
errordemeanor como usted tienee el derecho de
ponerse en contacto con suabogado, cuando
usted desea but que es loque dice la ley, pero la
realidad es una historia completamente
diferente. Usted no tiene mucho que hacer
cuando usted estásentado allí en la cárcel,y en el
calabozo es sombrío. Tres horas después de la
audiencia, era hora de nuevo para otra
audiencia. El inspector vino solo y abrió la puerta
a la celda de Erik. Se pregunta si Erik podría
considerar responder a cualquier pregunta sin
un l awyer. No! No hay manera! Erik responde
molesto. El inspector cerró la puerta de la celda
y cerró la escotilla de inspección para que
hubiera humo al respecto. Estaba muy molesto
por el no de Erik al interrogatorio.

Volvió después de unos 45 minutos. Puedes
levantarte ahora? El inspector se preguntó. Su
abogado está en la escena, dijo con gran
irritación. Erik tuvo que subir para entrar en una
sala de interrogatorios, su abogado ya estaba en
la sala de interrogatorios. Us Veamos, dijo el
inspector. Según los demandantes,
haamenazado con volar esasrótulas con su

arma. Qué arma? El abogado de Erik se preguntó. Ahora el abogado quería saber cuál era la acusación de la que estaba hablando el Inspector? Estos su abogado, diciendo que no podían sentarse aquí e insinuar. Bueno, ahora es el caso de que el demandante había hecho esta declaración jurada. Lo cual ahora nos dijo el inspector. Este inspector tenía mucho que hacer, pero eso dijo. Los crímenes fueron negados por todos los cargos, y eso no hizo a Erik como persona, más popular en esa estación. Después de muchas negaciones, fue una vez más, tiempo para volver a la célula sombría. Cuando estás encerrado y está tranquilo, empiezas a pensar en todas las cosas malas que hashecho en tusdías. Erik tiene un sentido de venganza. Sólo quería enviar un montón de sus amigos, a la gente que lo notificó. A Erik no se le permitió llamar a nadie más que al abogado que era el único con el que podía tener contacto, para que Erik no pudiera complicar la investigación. Erik se estaba enojando porque no le dijeron lo que iba a pasar.

Empezó a ser tarde en la tarde y ahora hay un guardia de seguridad en círculos, que trabajó extra en el arresto y que informa a Erik, que iba al tribunal de distrito para la audiencia de detención. Cómo diablos puede un estúpido guardia de seguridad venir y decir eso? Debería ser el abogado de Erik quien le informó de una audiencia previa al juicio?! Cuándo debería estar en una audiencia de detención, se preguntó Erik?

Mañana a las 10:00. Responde a la guardia.

Ahora Erik estaba realmente enojado y comenzó por pura furia para patear en la maldita cama que ahora era lo único que podíaencender, Erik estaba tan enojado que el guardia de seguridad abrió la escotilla de inspección para pedirme que me calmara. Erik le dijo que se fuera al infierno. Si entraba, Erik prometió correr por la cama en el estrecho pasillo de él. El guardia de seguridad no entró, pero vertió algo de combustible del estado de ánimo, metiendo la cara en la escotilla de inspección y diciendo que era una amenaza para el oficial. Debería alegrarse de estar al otro lado de la puerta de la celda.

El abogado de Erik llegó justo antes de las 6 p.m. Se disculpó tanto por no anunciar antes en el día que habría una audiencia de detención. Entonces dice que Erik probablemente será detenido. Erik se preguntó cómo diablos el fiscal podría ir a la audiencia previa al juicio conestas. Pruebas débiles que se basaba básicamente en rumores de los demandantes. El abogado dice que si usted se muda con una clientela de este tipo, usted tiene que esperar a menudo ser detenido bajo pruebas deficientes, ya que él como persona estaba en los registros, como en los registros de la ASP de la policía, entonces había aparecido con frecuencia en las listas de la policía, y probablemente sería detenido en incidentes anteriores. Esto se sentía débil y no le dio a Erik una mayor fe en la sociedad porque ya era tan odioso hacia ella, ahora se podría pensar que era culpable, pero no es relevante precisamente en este tema. La sociedad debe probar que es culpable de un crimen. Usted puede, no juzgar por los incidentes antiguos, entonces hay un problema con el sistema de justicia.

Con retrospectiva, Erik puede decir que la sociedad a menudo comete abusos graves juzgando los rumores y las mochilas de las personas. Es un peligro común cuando se juzga a personas inocentes. Ahora Erik había estado en un intento de recuperación y no había hecho daño a nadie. Pero podría ser una persona que tenía antecedentes penales, y que había comenzado en su vida que fue acusada.

Esta persona también sería detenida? El riesgo es grande. Es totalmente inaceptable que se permita que esto suceda.

Este país tiene un Libro de Leyes que está claro, pero que no se cumple. Por qué harías eso? La Comisión Europea afirma claramente que debe considerarse inocente hasta que se demuestre su culpabilidad. También dice que ha surgido un gran peligro para la sociedad, ya que los medios de comunicación a menudo tenían tiempo para juzgar al sospechoso ante los tribunalestomaron, una decisión. Al mismo tiempo que la ley dice que tenemos libertad de prensa. Que la política noans puede entender que estas leyes se están desplomando mucho, y que se necesita un cambio en la ley, porque no reaccionas a las leyes hasta que tú como persona has sido expuesto. Está convencido de que muchos ahora, pensando que Erik siente lástima por sí mismo, y que él como persona habría sido injustamente tratado por la sociedad. De hecho, Erik ha sido un gran cerdo contra mucha gente en su época, y probablemente la palabra cerdo es una palabra demasiado bonita porque ha hecho un montón de cosas ilegales.
Ha sido llamado la mayor parte del tiempo durante su tiempo criminal, pero independientemente de su mal comportamiento, no justifica que la sociedad misma está violando la ley y cerrando la travesura a través del abuso de poder. Toda persona tiene derecho a un juicio justo y no

debe ser juzgada por la sociedad hasta que se haya dictado el veredicto, e incluso si nuestro país va a cumplir con la Comisión Europea, personas inocentes son condenadas todos los días en nuestro país alargado. Tanto en los tribunales como en los medios de comunicación.

Pero volvamos a la acción.

Erik tenía poco interés en este abogado, ya que ahora ya había presentado una pérdida, creyendo que Erik sería detenido. Simplemente había conseguido un abogado que sólo hizo lo necesario para sus clientes, y que no tenía espíritu delucha, por lo que no era que Erik sintiera que la vida era bastante pesada, por el momento.

A la mañana siguiente, llegó el desayuno y Erik tuvo tiempo de hablar con su abogado unos minutos antes de que se dirigió al Tribunal de Distrito para una audiencia previa al juicio. Naturalmente, fue detenido por riesgo de fuga y que había un peligro de colusión si me liberan en esta etapa. Así que, fue sólo de vuelta a la cárcel para esperar a que la camioneta a la cárcel.

El personal de la prisión que venía a recoger a Erik no tenía prisa por venir. No llegó hasta las

5:00 de la noche, que algo comenzó a suceder. Erik sólo había sido llevado a una ducha dos veces desde su arresto. Era mejor ser detenido, ya que era una celda mejor, y ropa limpia para que Erik pudiera sentirse un poco más fresco.

Cuando llegó el personal de la cárcel, había un hombre y una mujer. Curiosamente, era la guardia femenina la que se sentaba una al lado de Erik en el asiento trasero. Antes de salir a la cárcel, el oficial que lo interrogó quería esposarlo. Esposado fue por unos 20 metros. Cuando estásu aen un coche de la cárcel, parece una pequeña jaula detrás del asiento del conductor en plástico duro, y puedes sentarte contra la ventana. Frente a uno hay algo, como una tubería de hierro doblada que está anclada a la jaula en sí. Está acostumbrado a esposar a gente problemática.

El guardia y el coordinador de seguridad no querían que Erik escapara, de ahí la rigurosa seguridad. Incluso tenían un "conductorde guardia" y dos guardias para que se pudiera mantener una mayor seguridad.

Cuando Erik se subió al coche de la cárcel, la guardia femenina dijo que se quitaría las esposas de Erik, pero al mismo tiempo dijo que cabalgarían sobre él en el mismo segundo, mientras él estaba follando en el coche. Dijo que

sabía lo que representaban, y que no golpearían
a una mujer, aunque esta mujer sería una
guardia. Aparentemente,, se le informó, ya que
no se les permitía usar la violencia contra las
mujeres o los niños. Era una ley no escrita que
siempre se seguía. Tuvieron media hora en
coche en esta camioneta de detención antes de
llegar a la detención custody en una gran ciudad.
Ahora estaba en una comisaría otra vez, el
ascensor en el último piso, en ese edificio. Y
entonces era el momento de ser registrado en
la Guardia Central, Erik había hecho esto tantas
veces a lo largo de los años,, así que sabía lo que
iba a suceder.

Querían saber, un montón de cosas como, por
ejemplo, si Erik tomó algunos medicamentos o
abusó de drogas, y Erik podría responder no a
estas preguntas, ya que en realidad nunca ha
ingerido ningún tipo de droga en su cuerpo, por
lo que significa narcóticos. Sin embargo, Erik
bebió mucho licor en su lugar. Ahora era el
momento de renunciar a toda su propia ropa, y
en su lugar conseguir ropa que decía KVV, (El
Servicio De la Prisión) y un par de sandalias.

Ahora sólo estaba en una nueva "jaula", para ser
desglosado, porque eso era de hecho acerca de,
pero en el Tribunal de Distrito se llama tan buen
colespeligro iónico. Desearía que todos los

fiscales u otros funcionarios del gobierno pudieran sentarse por unas semanas encerrados. Entonces tendrían unlado mucho máshumilde contra aquellos que están encerrados en las cárceles. Porque uno debe ser claro, ser detenido está lejos de ser lo mismo que estar fuera de una sentencia en una prisión. Allí, los reclusos tienen cosas en las que involucrarse, como el trabajo y conocer a otros reclusos, es decir, una vida más humana. Una vida bajo custodia con restricciones significa aislamiento dentro de cuatro paredes y una hora de descanso al día, lo que significa que puedes sentarte en tu celda las 23 horas del día. Se llama humano? Ahora tal vez mucha gente piensa que lo que Erik hizo, ni era humano, y que valía la pena sentarse en la celda las 23 horas del día. Sí, muchas personas que leen estas líneas probablemente están en la fila, pero ahora que Erik ha estado en libertad casi diez años, ve las cosas un poco diferente. Si las autoridades detienen a una persona, toda la responsabilidad recae en estas autoridades para garantizar que el recluso esté bien, tanto física como psicológicamente.

Muchasveces, se oye que un detenido intentó suicidarse, e incluso tuvo éxito. Por qué crees que sólo sucede en detención? También se puede ver desde el lado de la víctima, que

piensa que es bueno que la travesura está
encerrada cuando por lo general se sienten
amenazados, y es aquí donde todo el sistema
falla, piensa Erik.

Cuando un fiscal detiene al autor, la víctima es
adormecido en falsa seguridad. Por supuesto, la
víctima puede sentirse segura durante un
tiempo durante la detención real, pero cuando
el juicio se pone en marcha, si hay un juicio en
absoluto, hay una gran razón por la que la
víctima puede sentir una amenaza más tangible.
Porque lo que sucede en un informe policial es
que la policía que recibe el informe suele
prometer oro y prados verdes al demandante,
pero la realidad rápidamente se llama, y se
presenta con un disfraz completamente
diferente. La verdad es que el sospechoso está
encerrado en términos completamente
inhumanos, y crea una persona que se vuelve
extremadamente vengativa. Como el
sospechoso no conoce a nadie, se aísla, y como
un ser humano comienza a pensar pensamientos
completamente locos. Lo que te convierte en
sospechoso de pensamiento corto. No tienes
que mantener a una persona encerrada por
mucho tiempo, para que empiece a
descomponerse.y donde ese hombre se

convierta en una bomba de tiempo. Es extraño que la sociedad moderna trate a los sospechosos de esta manera enfermiza. Entonces este país es un gran defensor de los derechos humanos. Si usted está bajo custodia, usted debe ser presumido inocente hasta que se dé el veredicto. Cuántas personas crees que no están bajo custodia cada año en Suecia, que luego se libera, cuando se ha puesto de evidente que no son culpables. Esto no tiene nada que ver con los crímenes que Erik ha hecho, o por qué ha sido detenido. Si eres untipo malo tienes,, para contar con estas medidas coercitivas. Erik quiere informar a la gente común que puede ser detenido fácilmente. Se oye con bastante frecuencia que altos funcionarios han sido detenidos bajo sospecha de delitos ecológicos. Estos altos funcionarios viven una vida en el llamado corredor de sándwiches de camarón, lo que significa que si esa persona es detenida, puede tenerconsecuencias absolutamentedevastadoras, ya que una detención les da una mala reputación.

Lo que probablemente sea lo peor es que la psique de una persona no puede hacer frente a este ejercicio de libertad. Se sienten muy rápidamente mal por esto y bajan en algúntipo, de psicosis que conduce a intentos de suicidio. Incluso un tipo malo experimentado siente una

mierda, no importa lo duros que sean. La única
diferencia es que los matones suelen tener una
orden de arresto incluida en las reglas del juego
cuando llevan a cabo diferentes delitos. Por
lotanto, la psique de los malos está más
preparada, y eso suele ser absolutamente,,
crucial.

En otro lugar de la ciudad.

Infierno! Henke pensó. Ahora no soy mejor que
Erik cuando golpeó a Anton hasta la muerte. Es
un pensamiento frustrante en Henke, que por el
momento no sabía cómo resolver el asunto.

El agente McGill condujo y se reunió con Henke,
y ahora tenía a una persona como testigo.
Henke preguntó a quién diablos llevaba?

Hay una persona con la que tengo porque no
debemos trabajar nosotros mismos, pero la
persona en cuestión puede caminar a cierta
distancia. McGill responde.

Hola! Henke dijo, y alejes, para decir que la
persona que trajiste con tú podría identificarme.

Bueno, ese es un riesgo que vas a tener
quetomar Henke,, si quieres incriminar a la
persona que mató a Carl. Henke se sintió como

un chirrido barato cuando el agente McGill dijo esas palabras.

Establecer Erik era una buena idea, pero ahora la situación había cambiado radicalmente, porque tenía una persona con ella de SAPO, y no se sentía como henke quería tomar ese riesgo

Henke le dijo al agente McGill que sólo quería hablar con ella, oallí, no va a ser nada de esto.

Ambos parecían molestos por la situación, y Henke acaba de mirarla, que no dijo mucho. Henke había tomado una decisión y fue a su coche e hizo un fuerte salto de salida. McGill se dio cuenta de que Henke no quería cumplir con su compromiso y se dio cuenta de que no se acercaba ninguna solución.

Sí, pensó McGill. Supongo que Henke tendrá que volver si quiere hablar con nosotros.

Henke condujo al Club y se dio cuenta de que la solución se rompió.

Ahora Erik no quiere que las autoridades sean privadas de estas medidas coercitivas, pero piensa que deben capacitar al personal que tiene habilidadesespeciales, en este ámbito tel servicio penitenciario a menudo sale en los medios decomunicación con su personal especialmente capacitado en esta área en particular, pero cómo pueden ser especialmentecapacitados, cuando ellos mismos no han sido sometidos a esta forma de detención?

Si se va a desarrollar el sistema penitenciario, el personal debe saber lo que es estar encerrado sin saber cuándo salen. Por qué no tenerlo como parte de su educación? Déjalos sentarse durante 2 semanas o un mes, para que puedan sentir su propio registro emocional, que viene claramente en un aislamiento. Entonces ya no habrían sido tan groseros con los detenidos, porque hay un gran porcentaje, que están detenidos y sentados allí inocentemente, y son tratados de la misma manera que las personas fuertemente criminales. Las diferencias son grandes entre la psique de un autobús y la de un Svensson. Un tipo malo lo tiene como trabajo, mientras que un Svensson, que accidentalmente es arrestado por completo pierde su pie.

Pero volvamos al evento...

Erik estaba ahora en la celda de la cárcel y se preguntó cuánto tiempo se le permitiría sentarse allí. Sabía que el fiscal no podía retenerlo más tiempo de lo que la sentencia de prisión equivaldría a, pero con esa mochila que Erik se atrapó, cualquier crimen podría estar mucho tiempo entre rejas. Porque así son las cosas. Una persona normal recibiría unos meses por, por ejemplo, posesión ilegal de armas. Si Erik sería castigado personalmente por un crimen similar, habrían pasado al menos 6 meses independientemente de lo que diga el libro de estatutos. Suena irreal, pero esa es la verdad. Algunos elementos criminales son castigados más severamente que otros.

Ahora Erik comenzó a planear porque podía sobrevivir a este período de detención, psicológicamente, y sin perder su máscara ante los guardias. Era duro como el granito, cuando estaba en contacto con los guardias,pero en el fondo era suave como una boreja suave que se sentía muy mal emuy uno que ha sido encerrado en esta forma de aislamiento tienelágrimas de campo en abundancia, aunque nadie querría admitirlo. Nunca te acostumbras a estar encerrado como un ser humano, independientemente de sihassido encerrado X númerode veces. Te descompones un poco cada vez. Te vuelves más fuerte que una persona

común y corriente, pero nunca tan fuerte para
que no lo sientas.

Los días eran extremadamentelentos, y Erik
quería hablar con alguien tanto como un tipo y
como persona,, por lo que no se volvió loco.
Estar encerrado las 23 horas del día te vuelve
temporalmente loco, y no se puede explicar,
pero tienesque experimentar este infierno tú
mismo. Un día uno de los guardias viene y abre
la puerta a la celda de Erik y dijo que tenía una
visita. Erik estaba un poco sorprendido porque
tenía restricciones completas y no se le permitía
visitar más que de su abogado, pero el Oficial
Ejecutivo aparentemente había recibido un fax
del tribunal de distrito donde las restricciones de
Erik habían sido cambiadas a que ahora se le
permitía tener visitas. Fue un gran problema
para Erik, porque eso significa que puede leer el
periódico, escuchar la radio, etc.

Después de unas horas llegó la visita de Erik,
pero Erik sabía que no se permitía la entrada de
visitantes previamente castigados, por lo que
Erik se preguntó claramente quién vendría.

De repente, un guardia llamó a la sala de visitas
en la que Erik se sentó, llega un hombre que
conocía a Big Mama, y esa amistad fue

construida bajo locales completamente diferentes.

Erik se preguntó por qué esa persona había venido a visitarla, ya que no parecía querer hablar tanto en la visita.

Quién eres? Erik dijo, y se veíamuy, sorprendido.

Mi nombre es Benga, y conozco al Goblin kid un poco esporádicamente, y creo que tengo un mensaje importante para usted sobre lo que es probable que suceda.

Oh, crees, entonces? Erik le dijo a Benga.

Escuché una conversación entre el chico Duende y el Agente McGill, y sonó como una confianza entre estos dos. Sonaba como una conversación entre madre e hija, pero fue lo que estaban discutiendo lo que me hizo reaccionar.

Qué quieres decir ahora? Erik le dijo a Benga.

Bueno, no quiero llevar chismes, pero sonaba como si estuviera planeado para romperte Erik cuando oíste que ambos hablan ...

Ambos? Erik dijo.

Sí, parece que ella y Goblin kid, son madre e hija, dijo Benga.

Qué?! Erik dijo... No, no lo son!

Los dos a menudo tienen fiestas juntos, y ambos hablan como si fueran madre e hija, dijo Benga.

A qué te refieres ahora? Dijo Erik, que no entendía lo que estaba pasando. No! Erik dijo, lo entiendo y eso es suficiente.

Oh, sí, sí. Sayudar a Benga, entonces siento que hehecho un buen trabajo.

Sí, desde luego que sí. Erik dijo, y sus caminos divididos.

El guardia encerró a Erik de nuevo, y Benga salió de la cárcel.

Hm. Said Erik, esto comienza a explicar por qué la información permanece en el plano equivocado, y por qué la gente equivocada lo recoge tan fácilmente sin que tengamos un chirrido.

La oficina del cerebro de Erik comenzó a darse cuenta de lo que estaba a punto de suceder en el inframundo, aunque no podía ver exactamente lo que iba a pasar enel momento. Gritó al guardia cuando abrió la sala de visitas.

Bueno, yaterminé. Erik dijo, que sabía que el guardia no quería reunirse por sorpresa, así que ciertamente por eso lloraron.

Qué pasa, viejo? Me preguntaba el guardia..

El guardia se preguntó cómo estaba Erik?!

Esto fue por la noche, y luego hay regulaciones que dicen que los guardias deben ser dos cuando abren la puerta de la celda tan tarde porque el personal es mínimo, y especialmente cuando abrió la puerta a una persona que se sentó con restricciones completas. Podrían estar muy desesperados por escapar. Por lo tanto,, hizo una mala conducta, y demostró que también hay buenos guardias..

Puso una silla en la entrada de la puerta de la celda. Se había dado cuenta de que Erik comenzó a piso después de más de dos semanas encerrado y de estar completamente aislado. Dijo que Erik podría tener un sacerdote de la prisión que pudiera venir a hablar con él si quisieras. Jajaja! Hablaría I con un sacerdote sobre la iglesia y cosas por el gusto? No! Esto claramente parecía ridículo, no podía sentarse y hablar con un sacerdote. Sabías de lo que iba a hablar. Entonces también le gustaría convertirse en cristiano! Entonces el guardia dice que el sacerdote no es como un regular. Nunca menciona a la Iglesia ni a su fe a menos que tú mismo la denuncies.

Oh? Erik dijo sorprendido en el guardia. Cómo
es?

Estáaquí para ayudar a los reclusos cuando es
pesado, y si necesitas a alguien con quien
hablar, dijo, y pensó que Erik podría intentar
hablar con él. Sí, porsupuesto, tought Erik, sería
bueno si te quedas ahí y masticaste un montón
de mierda para que el guardia pudiera saber
cómo sucedieron los crímenes.

Además, dijo que el sacerdote tenía un deber de
confidencialidad, que pensó que encajaría
perfectamente a Erik.

Este guardia tuvo que ver con muchos criminales
pesados que vivían del crimen organizado.
Después de un largo período de conversación
con el guardia, decidieron que Erik intentaría
hablar con él.

Por la tarde, al día siguiente, oye cómo abren la
puerta de su celda. Allí estaba el guardia con el
que Erik hablaba la noche anterior, y con él tenía
un pequeño sacerdote pelirrojo, pero Erik no
podía ver en la ropa cuando no tenía nada que
demostrar que era sacerdote, pero Erik no tenía
ninguna otra visita que estuviera directamente
reservada. Ahora era como un orgulloso
urogallo, helado y con una mirada que
probablemente decía que podía manejarme a mí

mismo. Pero la verdad era muy diferente. Erik, sin embargo, fue un poco reflexivo acerca de este sacerdote, ya que no era posible ver si él era lo que pretendía ser. Podría ser un policía que se aprovechó de la situación cuando Erik estaba en la cuenta regresiva. Erik sospechaba mucho de esta persona y no sabía si podía confiar en él. Aparentemente estaba acostumbrado al hecho de que el sacerdote era tratado con gran sospecha. Cuando el sacerdote entró en la celda,, se presentó, entonces no dijo más, el guardia fue y allí se sentó Erik con un sacerdote que no dijo un sonido. Toda la situación se estaba poniendo embarazosa y Erik no quería decir nada, ya que sería genial.

Pasan cinco minutos, luego el sacerdote dijo que no hablaría de religión y preguntó si por eso Erik estaba en silencio. No! Respondió tan frío como un cubo dehielo, elsacerdote preguntó si había algo que quisiera? Qué quieres decir? Erik le preguntó al sacerdote.

Entonces se pregunta si Erik tenía algún interés. Respondió que tocaba el piano durante muchos años, y pensó que le daba bastante.

Muy bien, dijo el sacerdote. Entonces tal vez pueda arreglarlo, para que puedas meter un sintetizador en la celda.

Bien? Erik respondió muy considerado. Dado que estaba restringido, y en principio se aplicaría si quisiera cambiarse la ropa interior o ir al baño.

Se burló de mí? O me equivoqué! Entonces estaba bastante,, hervido en la cabeza después de 2 semanas de aislamiento. Pensé que Erik.

Además, el sacerdote dijo que podía regresar mañana con un mensaje con un smensaje querealmente hizo he tenía tanta experiencia en el trato concriminales pesados y sabía que tenía que construir confianza since que realmente se le ocurrió un sintetizador al día siguiente, Erik pensó que parecía un tipo en el que probablemente podría confiar. Erik era muy sospechoso de él, y aunque era muy inseguro que definitivamente quería,, él para tener una oportunidad quepor supuesto podría ser una forma de juego psicológico que el Fiscal o agente SAPO McGill estaba detrás de alguna manera, y que Erik no pensaba claramente, uno realmente puede entender sólo ahora, cuando usted piensa que sonaba como si Erik era casi maníaco y sufrió de manía de persecución. El sacerdote de la prisión dejó el sintetizador y esperaba que se beneficiara mucho de él durante su detención y,también, dijo que volvería en unos días.

Toca la campana para que el guardia abriera la puerta y pudiera caminar. Cuando viene el guardia, preguntó si Erik quería salir un rato en el patio. Se sentía como una buena propuesta, una propuesta que aceptó. El guardia dice que volverá pronto y que aseguraría el pasillo, lo que significaba que el guardia cerraría la escotilla de inspección de Erik y luego se aseguraría de que no hubiera otros reclusos, o que pudiera salir al pasillo mientras estaba allí.

Capítulo 18

Erik puede entender si es difícil entender lo que se siente por él emocionalmente, ya que ha estado aislado durante tanto tiempo, y salir a un pasillo sin gente es extraño, cuando todo su cuerpo gritó completamente para ver a cualquier hombre. Antes de que el guardia se abriera, hasta Erik, podía oír en la celda, cómo el guardia se comunicaba con sus colegas. Podría sonar así, por ejemplo:

La Guardia Central! Tengo un *recluso rojo, está listo para poder abrir la puerta? Un momento! Un green está en camino desde el patio de ejercicios. El guardia está esperando a su colega. Entonces oíste que el recluso rojo puedesalir.*

Cuando el guardia entonces abrió lapuerta, fue para mover sus piernas Entonces,, que bien por el pasillo y luego entrar en una forma de puerta de cierre, y más arriba de una escalera. Cuando subiste *las escaleras había una pila extremadamente de zapatillas de madera verde, que usarías cuando salieras al patio. Fuera de los patios de ejercicios había lonas verdes que eran para aquellos que tenían restricciones y que no veían a ninguna persona que no fuera los guardias..*

Lonas que tiraron después de que el recluso rojo salió al patio. Te trataron como si fueras un animal. La única diferencia entre los animales y los reclusos era que los animales no tenían zapatillas verdes.

Es bastante enfermo que ustedestá, se le permite tratar con la gente de tal manera en este país, y que se le permite legalmente derribar a la gente de esa manera, es absolutamente,, increíble. Las directrices para la detención custody afirman que protegen a personas inocentes potenciales en, con el finde ser vistos bajo custodia. Ciertamente,, suena bien cuando lo ves desde una perspectiva más política. La realidad es diferente.

Erik era generalmente amablemente tratado por los guardias, cuando sabían que nunca lucharon cuando habían sido encerrados. El juego había terminado y no había necesidad de ir tras ellos, ya que simplemente hicieron su trabajo como todos los demás. Sucedió a veces que se atropelló, cuando no se sentía bien sentarse allí encerrado.

Erik recuerda especialmente una vez, cuando era hora de cenar y el carrito de comida vino rodando en el pasillo. Sabía exactamente dónde estaba el carrito de comida, a pesar de que estaba en su celda. Lo oyó en los antros del suelo mientras los vagones se volcó. Más temprano en el día Erik le pidió al guardia que dejara la escotilla de inspección abierta a medida que quedase muy atrapada, y el aire en la célula se secó. La ventilación no era gran cosa, y tienes labios muy secos. Fue tan mal aire que el guardia repartió la pomada de la piel de la defensa. Ahora era la hora de la cena, y también significaba que el turno de noche se fue por la noche.

Cuando el carro llega a la celda antes de Erik, el guardia cierra la escotilla de inspección, y fue la caída lo que hizo que la copa se desbordara. La agresividad de Erik fue maximizada y tiró la silla de plástico que estaba dentro de la celda contra la pared. Este berrinche fue más que escuchado en el pasillo. Entonces el guardia abre la escotilla y dice que Erik debe mantener la boca cerrada. Fue su mayor error ese día, y Erik alimentó varios puñetazos al guardia,que tenía su cara en medio de la escotilla de inspección. El guardia fue ligeramente cortado cuando ahora se dio cuenta de que Erik estaba realmenteenojado. Le tomó tiempo caer en las vueltas. Erik estaba tan enojado, así que tembló, y aunque era sólo un ate, sólo demuestra que la gente no debe estar tan aislada cuando dicen que lo menos se vuelve excitable.

Erik había golpeado el borde mismo de la escotilla de inspección y presionó el nudillo trasero en su dedo meñique a través de golpes repetidos. El dedo y el resto de la mano ya había comenzado a hincharse. Y el guardia que regresó un poco más tarde con una bandeja de comida, quería mirar la mano de Erik, cuando ahora vio que no estaba bien. Normalmente, Erik no recibiría este servicio de comida personal, que los guardias vienen con una bandeja, pero esto hizo este guardia debido a lo que sucedió, y que no consideraron apropiado abrir la puerta de la celda de Erik cuando tuvo su berrinche. Probablemente fue una decisión sabia cuando no sabes cómo pudo haber terminado. El guardia dijo inmediatamente que pensó que la enfermera debería revisar el dedo y la mano a la mañana siguiente.

Quería darle a Erik unos analgésicos para poder dormir durante la noche, pero no quería eso. Por la mañana, la enfermera, que apenas entró en mi celda hasta que dijo que esto tenía que ser visto por un médico. Miró y apretó un poco suavemente en mi dedo meñique que era doloroso, pero cuando la enfermera preguntó si dolía mucho, Erik tuvo que responder que apenas se sentía en absoluto. Probablemente algo en lo que ella no creía. El médico llegó por la tarde para examinar la mano y dijo inmediatamente que esa mano sería radiografía en el hospital inmediatamente. Ahora puede sonar fácil, pero nunca es popular entre los guardias para eliminar a un detenido, en el civil cuando el riesgo de fuga es real. Por la noche, cuando Erik iba a hacer radiografías, pensó en el anciano que vino de visita.

Si realmente pudiera ser el caso de que el viejo dijera que el agente McGill y el Goblin kid eran madre e hija, entonces ese es un gran problema.

Realmente puede tanto Big Mama y el agente McGill comprar el mismo golpe de estado o tuvieron los dos el mismo golpe de estado.

Sabía Even Henke sobre su transparencia en la Organización? O fue un juego para el centro comercial?

Lo que Erik también reaccionó, fue si Bob estaba involucrado o simplemente no había reaccionado. Es difícil cerrar los ojos con todos los pensamientos que tenía Erik.

Tenía que esperar otro día cuando era tarde. Se suponía que los guardias cambiarían de turno, y no era una lesión potencialmente mortal. Por lo tanto,, Erik tuvo que ir allí durante dos días, antes de que pudiera venir a un hospital para el examen. No era bueno, y el médico no estaba contento con este cambio, ya que no sabía si Erik tenía algo roto en la mano. Después de todo, él era responsable de su paciente si iba a haber algún daño duradero como, el retraso del tiempo. Era sólo para esperar hasta la mañana siguiente.

Temprano a la mañana siguiente vino un guardia como de costumbre, para decir buenos días y para comprobar así que Erik estaba bien, excepto por la mano. Erik fue informado de que iba al hospital después del desayuno, y que recibiría ropa de entrenamiento recién lavada antes de que se fueran. Así queera para tirar el desayuno a toda prisa, y luego cambiar. El guardia vino a abrir la puerta de mi celda, y cuando abrió la puerta, Erik vio que había dos guardias. Ahora su empatía salió cuando tendrían que ponerle las esposas a Erik. Pensaron que se sentía mal, teniendo en cuenta que su mano derecha estaba muy hinchada, pero no se les permitió sacarme sin esposas, era tan simple, que hicieron todo lo posible para no empujar tanto. Cuando estás esposado! Si alguien que los pone, asegúrese de bloquear los grilletes para que puedan,no se unen, más de lo que están en el real se pone. Lo hacen empujando en un pequeño palo similar,, a casi un sprint, pero que se monta en las propias esposas. Esta es una seguridad para que las esposas no puedan detener el flujo sanguíneo real, entonces una esposa se puede comprimir tanto como sea posible.

Los comienzos bajan por el pasillo para tomar el ascensor hasta el garaje de la policía, donde Erik tuvo que saltar a la camioneta Volvo del servicio de la prisión, que utilizaron para este tipo particular de transporte quesólotomó 10 minutos hasta llegar al hospital. Ahora estaría aparcado lo más cerca posible de la entrada. Esto por motivos de seguridad. Si Erik tuviera la idea de tratar de escapar de estos guardias. Erik no tuvo una idea de escapar, ya que ahora tenía que estar en la comunidad, aunque sólo fuera por un corto tiempo, así que disfrutó por golpes completos.

Una vez dentro del hospital, uno de los guardias siguió adelante para pagar la cuota del paciente. Hubo rutinas claras en esas visitas al hospital, cuando el guardia informa a la enfermera en la escotilla que eran del Servicio Penitenciario, lo que se supone que les da prioridad. El otro guardia fue lo suficientemente amable como para poner a Erik contra el costado, por lo que no sería visible tanto. Incluso bajó los brazos sobre su camisa sobre las esposas para que pareciera menos sorprendente.

De pie y mirando una pintura colgada en una pared, se puede hacer por un tiempo, pero después de 15 minutos comienza a sentirse extremadamente estúpido, no importa lo bueno que el pensamiento del guardia fue desde el principio. Erik estaba esperando a que fueran al departamento de Radiología, para que se alejara de este arte feo y abstracto que colgaba en la pared. Ahora empezarían a ir hacia los rayos X para sentarse afuera y esperar a que sea el turno de Erik. El guardia se sentó a ambos lados del pasillo, cada uno tomó un periódico que les ayudaría a pasar el tiempo. Resulta que ambos estaban muyinteresados en la caza. No mostraron la más mínima forma de tensión o estrés. Lo que Erik pensó que se sentía bien, ya que a menudo se puede conseguir principiantes que van a mostrar lo buenos que son para hacer un seguimiento de la travesura. Estos guardias estaban tan tranquilos como un humano. cuando nos sentamos allí y esperó, llega un anciano, con caminantes más abajo del pasillo. Probablemente hizo 2 millas por hora, y luego fue rápido. Cuando comenzó a acercarse a los bancos fuera de la radiografía donde se sentaron y esperaron, el anciano mira hacia Erik. Erik dijo hola, lo cual hizo. Cuando entonces ve las esposas de Erik, fue como si el caminante fuera impulsado repentinamente por óxido nitroso, ya que el anciano aumentó de 3 km a por lo menos 85 km. Probablemente estaba un poco preocupado cuando vio las esposas, o los frenos de disco se habían aflojado por completo en el andador. Bueno, lo suficiente porque se veía un poco gracioso. Uno de los guardias le dijo al anciano que podía tomarlo con calma, y que no había peligro, pero el hombre continuó a un ritmo rápido hacia adelante.

Ahora era el turno de Erik para entrar enn para los rayos X. Uno de los guardias pasa por toda la sala de rayos X, y luego se sienta en la misma habitación que el personal, mientras se tomaba la foto. El otro estaría fuera de la puerta de entrada de la sala de rayos X. Ahora llegó el primer problema. La esposa izquierda no quiere abrir,, pero el guardia hizo todo lo posible para que se soltara. Entonces, el guardia le preguntó a la enfermera si no podía permanecer en su mano, ya que era su mano derecha la que sería radiografíada? Absolutamente no. Asíque, la enfermera decidió. Este guardia entonces tuvo que llamar a su colega para ver si podían resolver el problema juntos. No podían irse de todos modos. Tardó al menos 5 minutos en quitarse la esposa. Finalmente, una enfermera podría presentarse, para poner su mano a la derecha para que pudieran tomar las fotos. La enfermera, por otro lado, parecía un poco tensa. Ella era sin duda muy,agradable, pero de una manera más tensa y nerviosa. Con razón. Una enfermera sola con un matón crudo. Porsupuesto que estaba un poco preocupada, aunque no tenía nada que esperar de él.

Los rayos X estaban listos, y era hora de salir y sentarse de nuevo en el banco para esperar. Tardaron varias horas en saberlo. Nada estaba roto, pero el dedo sería tirado a la derecha por un médico, así que tuvieron que ir y ponernos en el Departamento deEmergencias, donde pacientemente tuvieron que esperar de nuevo.

Cuando el médico entra, dice después de revisar las radiografías, que intentaría tirar del dedo derecho de Erik que había sido escalonado por los golpes repetidos. El médico dijo que se puede aturdir pero no hace mucho bien, entonces una jeringa anestésica se sientebonita, buena en un dedo. Erik decidió no tomar el anestésico. El médico se sienta en un taburete giratorio delante de él y se agarra durante un tiempo alrededor de su brazo derecho y luego por un tiempo alrededor de su dedo.

Ahora se va a sentir. Dijo el doctor.

Está bien. Erik dijo. Lo cual de alguna manera patética sería extra mucho "hombre" enel momento. El doctor le tiró del dedo con una película. Puede ser tanto que las palabras que luego salieron de la boca de Erik. No fueron tomadas directamente de un himno. Le dolía terriblemente, y si tenía alguna pintura en la cara, probablemente estaba pálida.

El médico pregunta cómo se sintió cuando Erik se tocó el dedo, y él respondió que se sentía bien. Aunque estaba un poco tomado por el dolor que surgió cuando el médico le tiró del dedo a la derecha.

Erik se preguntaba si ellos en la Organización querían incriminarlo ahora que Henke había hablado con su hermano, y quería deshacerse de Erik, cuando era una amenaza para muchos. Tal vez sea así de simple si piensas así, reflexionó Erik. Sí, ahora vuelve a la cárcel otra vez, para volver a encerrarse en su celda.

Erik now comenzó su tercera semana de confinamiento solitario, y se hundió más abajo con cada día que iba a la psique. Era como si tu cerebro dejara de estar activo y ni siquiera pudiera aceptar las pocas impresiones de que puede quedar detenido con restricciones completas. Ni siquiera fue divertido tocando música. Ya nada era interesante. Los guardias comenzaron a entender que Erik sufría de privación de sueño y convocó a un médico que estaba dispuesto a darle algo para dormir. El médico le recetó cualquier tableta que le ayudara, pero cuando el guardia por la noche vino a darle la tableta, no lo quería. Luego convocó a un viejo y experimentado guardia que tenía mucha experiencia de privación del sueño, y qué problemas podrían surgir entonces. Este guardia era bueno, y no comenzó diciendo que Erik tomaría la tableta, pero en su lugar me dijo lo que podría pasar si no dormía durante mucho tiempo.

Eso no es agradable. Cuando contó cómo el cerebro paso a paso se apagó, y eso finalmente sólo fue en las reservas. Este guardia podría romper a un psicólogo en 15 minutos. Era muybueno en su trabajo, tan bueno que me hizo tomar la tableta.

Cuando Erik tomó la tableta, el guardia dijo que pensaba que era agradable hablar con la broma de Skane county, cuando había oído y visto sobre todo el tipo detravesuras a través de los medios de comunicación. Hablaron casi una hora después de tomar la tableta, pero ahora Erik comenzó a cansarse, Realmente,, cansado.

Erik tenía que decirle al guardia que tenía que salir de su celda cuando tuvo que acostarse down y que los guardias no querían despertarlo porque sabían que había estado durmiendo mal durante algún tiempo. Así es como Erik comenzó a pensar que a estos guardias se les había dado una vena humana. Erik no quería tomar tabletas porque no le gustaba ser afectado por una gran cantidad de productos químicos, pero esa tableta era probablemente una inversión saludable para su propia salud porque se sentía mucho mejor al día siguiente. Es absolutamente,, increíble cómo la privación del sueño puede afectar a una persona. No piensas en la importancia del sueño, por lo que puedes entender la importancia del buen sueño. Pero sin él, eres sólo unvegetal hervido.

Incluso era tan bueno que Erik podía sentarse y tocar algo de música en el sintetizador, que el sacerdote había tomado allí. Me pesaba mucho. El reloj no se movía directamente, y Erik sabía de qué se trataba, con el arresto real. Que el D.A. recibiría una confesión de él en un juicio. Podría buscarlo en el azul. Si me hubierallevado tan lejos al pantano psíquico, no recibiría ningún reconocimiento de mi parte de todos modos. Pensé que Erik, que tenía que ocuparse de algo, así que tuvo tiempo de irse. Podrías trabajar con la fabricación de clips de ropa dentro de la celda. Era para armar pequeños perchas para perchas que guardaban la ropa de los niños en la percha. El trabajo consistía en añadir un pedazo de plástico, luego un resorte de acero, y luego se sujeta el muelle con un destornillador similar, poner en otra pieza de plástico y finalmente liberar el resorte. Que lo que had hacer unalfiler deropa.

Por cadaalfiler de ropa que Erik armó, le pagaron 3 centavos. No fue una gran cantidad, pero lo hizo muy poco tiempo para ir, pero también no para romper por completo.

También había otros trabajos, como hacer agujeros en las señales de tráfico con un gran elevador de agujeros, donde tenía que tener una tubería de hierro de un metro de largo, al presionar el tomador de agujeros juntos. Erik le preguntó si podía hacerlo en su lugar, pero el guardia central y los guardias no se atrevieron a darle una pipa de hierro de un metro de largo. Lo consideraban demasiado violento para este trabajo. Lástima, pensó Erik, ya que estaba mucho mejor pagado por signo, pero entiende su decisión ahora en retrospectiva más que bien.

Erik comenzó a darse cuenta, después de 3 semanas en aislamiento que se le permitiría quedarse por un tiempo y comenzó a decirse a sí mismo que tenía mucho tiempo para esperar entre rejas. Erik estaba ahora en su cuarta semana y su cerebro había comenzado a acostumbrarse a esta vida. Había conseguido un televisor en su celular. Ahora el fiscal parecía más humano, incluso se aseguró de trasladarlo a la suite. La suite es una celda con su propio inodoro y ducha y se utiliza principalmente para mujeres detenidas con niños pequeños. Pero ahora lo tiene un poco mejor.

Erik tenía puro lujo con su propia TV, inodoro y ducha. Ahora era una fiesta! Podrías jugar al bingo y ver Se busca.

Para la persona promedio, ciertamente no suena tan lujoso, pero en el mundo encerrado esto es lujo en un sentido doble. Fue incluso así que Erik pensó que la cama era más agradable, aunque eraexactamente, el mismo modelo. Pensó que eramuy, agradable tomar una ducha, y ver un poco de televisión, lo que hizo.

Todo era mucho mejor que antes. Una noche, cuando se sienta allí viendo la televisión, Erik oye una explosión infernal de algo que cayó, dentro del lado celular de la suya. No pensó mucho en ello al principio, pero luego pensó que se oía como si alguien,, estaba rugiendo Ayuda, ayúdame! Al principio Erik pensó que se estaba poniendo entrometiendo debido al aislamiento, pero cuando rechazó el sonido en la televisión, pudo poniendo su oído contra la pared celular contra la célula del vecino, escuchar a un hombre que parecía estar sufriendo un fuerte dolor. El primer pensamiento fue que trató de ahorcarse a sí mismo o similares, pero en una celda de detención no hay mucho en lo que ahorcarse cuando están diseñados así, precisamente para que no sea posible suicidarse, aunque lo sabías, no estabas seguro. Erik esperó unos minutos para ver si seguía gritando, o si la persona se calmaba, no podía entender por qué la persona no llamaba al guardia central si estaba sufriendo o se había lastimado. Después de unos diez minutos Erik decidió llamar a la guardia central, ya que esta persona había gritado a intervalos y no parecía como si pudiera llamar al guardia él mismo. Cuando Erik explicó que la persona a la derecha de él, aparentemente tiene grandes problemas, y grita por ayuda más,, o menos todo el tiempo.

El guardia central preguntó si Erik tuvo una mala noche otra vez?

No! Está en problemas, pero ahora te lo hedicho. Dice Erik.

Bien. Respondiendo tél guardia. Envié a una persona a comprobarlo, y después de unos minutos puedo oír que un guardia está en camino, con su dos ruedas que te vas con un pie.

Erik oyó que las mascotas no pasaron por delante de su celda. Diablos,, pensó. Ahora salió mal. Su lado derecho era el izquierdo de Erik cuando estaba de pie en el pasillo. Sólo oyó que el guardia abrió la puerta de la celda a su derecha. No fue muy bienvenido. Cierra esa celda para abrir la escotilla de inspección de Erik para escuchar por qué llamó y lo dijo, que alguien necesitaba ayuda? Le dijo al pequeño que era la celda de al lado. Probablemente se sintieron tan estúpidos, como este malentendido surgió. Cierra la escotilla de inspección de Erik para abrir la segunda puerta de la celda. El guardia encuentra a un hombre acostado en la cama que sólo grita de dolor. Resultó que recibió un disparo serio en la espalda y no pudo bajar de la cama para llamar al guardia. Estaba tan feliz de que viniera el guardia. El guardia dijo que fue su vecino quien alertó a la guardia central y les pidió que acudieron a su celda. Ahora fue un buen movimiento en el pasillo y paramédicos vinieron a recoger al tipo. El médico consideró necesario llevar a la persona al hospital.

Al día siguiente, el tipo volvió y dejó un gran agradecimiento a Erik, a través del guardia por llamar así que recibió ayuda. Es extraño que hayas ayudado a una persona que ni siquiera habías visto, pero que acaba de oír, pero fue divertido que apreciara mi pequeño esfuerzo.

Por la mañana Erik se dio cuenta de que la organización jugaba doble juego. Todo lo que el viejo dijo durante la visita, parecía ser cierto.

Henke, con quien Erik había sido amigo durante tantos años, lo había vendido a fondo, y a qué costo?

Había vendido incluso el agente McGill manipulando a Henke y adormecendo a la falsa seguridad?

El hecho de que el agente McGill y Big Mama fueranmadres, y su hija se convirtió en un hecho cuando todas las piezas del rompecabezas entraron en su lugar, y Bob era actualmente un comodín.

Pero una cosa era 100% segura, y esa fue la venganza que todos los involucrados ahora se enfrentaron. Ahora ya no había duda. Erik quería que fuera una venganza dolorosa. Erik se convirtió en esta persona malvada y diabólica. Por qué no había detenido este desarrollo? Pensó.

Erik ni siquiera podía pensar. Tenían que morir! Erik pensó, con el fin de no sentir estos sentimientos dolorosos que ahora se bañó por completo.

Erik sabe que en varias ocasiones, realmente reflexionó antes de escribir, que su mensaje a la Organización era claro, y que sabrían que pronto Erik estará allí y sin piedad.

Era como si el cerebro escribiera las mismas cosas todo el tiempo, pero con frases diferentes muy extrañas.

Sí! Allí estaban en Nochebuena. Qué puedo hacer al respecto? Nada. Pensé que Erik.

Los guardias trajeron comida de Christmas, un poco más tarde en la tarde. Era una cena de Navidad que pocos suecos pueden permitirse el lujo de pagar, cuatro vagones enteros llenos de comida, y Erik nunca ha visto tanta comida de Navidad a la vez.

Podía garantizar que no había ningún tipo de comida navideña que no estuviera en estos vagones. Cuando los guardias abrieron la puerta de la celda de Erik, y vieron estos vagones, se sorprendió mucho. Erik tomó dos platos grandes, y se llenó de comida, entonces sólo tuvo que tomar una vez. Sería una tontería no quitarse toda esta buena comida.

Erik podía decir fácilmente que la comida en sí era el punto culminante de esta noche de Nochebuena.

La pérdida de Erik fue insoportable, la sensación de estar sentado allí en Nochebuena, He ni siquiera quería exponer a su peor enemigo. Nadie vale la pena tener ese sentimiento. Mucha gente piensa que Erik se puso en esta situación él mismo, que él puede entender, pero no importa cómo gire el seto, se sienta en la parte de atrás, y se siente muy apenado por sí mismo.

Erik sabía que todas las vacaciones de Navidad están terminando, y los días medios están llegando, pero sentía que no importaba, si era Navidad, días intermedios,, o cualquier otro día festivo. Era igual de sombrío en la celda por ello, Erik había conseguido una psique que era casi neutral para todo y para todos. Sobreviviría solo y vengaría a todos los involucrados.

Ahora esta Navidad, y todos los fines de semana habíanpasado, y finalmente era el momento de la negociación principal.

Después de cinco semanas de confinamiento solitario, ya era hora del juicio. Erik comenzó a etiquetarse de nuevo cuando sintió que saldría de estas paredes. Aunque iba a un juicio, se sentía bien, tal vez porque vio que habría algúntipo de juicio y decisiones sobre su futuro inmediato. Había tres empleados de la prisión para recoger a Erik. Sí, no confiaron en él, y mostraron claramente que con el número de guardias que acompañaban al juicio. Así que, fue poner las esposas y salir al juicio. Los demandantes no estaban en ninguna parte para ser vistos. Se sentaron en una habitación contigua y no salieron hasta que el juicio debía comenzar. Erik aparentemente había puesto tal terror en estas personas,, por lo que no querían confrontarlo más de lo necesario.

El tribunal preguntó si Erik era el acusado, que fue certificado por su abogado.

Entonces el fiscal comenzó a explicar qué crímenes pensaba que Erik había hecho. Entonces, el tribunal le pregunta cómo abordó estas afirmaciones que el fiscal delineó recientemente.

El abogado de Erik respondió que su cliente negó cualquier acto ilícito en todos los cargos.

El tribunal se dirige al Fiscal para pedirle que lo demuestre mediante pruebas técnicas, así como las propias declaraciones de los demandantes.

El fiscal entonces saca a relucir el bate de béisbol de Erik, como parte de la evidencia técnica, y dice que el sospechoso ha amenazado a la gente con este bate de béisbol, así como rompiendo las rótulas del demandante, que el Fiscal corrobora con una de las propias historias de los demandantes.

El abogado de Erik dice que no hay testigos, u otras pruebas para probar la historia del demandante tel fiscal luego hace un comentario de que este demandante ya había descrito el bate de béisbol del sospechoso con gran detalle durante la primera queja, el, tribunal luego le pregunta a Erik sobre cómo pretendía explicar la descripción detallada del demandante de su bódulo.

Erik respondió a la corte que podía haber visto el bate de béisbol mientras pasaba por delante de su coche, que estaba demostrablemente por debajo de su apartamento. Entonces. Erik dijo, no puedes encerrar a la gente porque estás sosteniendo unbatede béisbol. Entonces el estado tendrá que encerrar a todos los equipos de béisbol de este país.

Estos comentarios causaron levemente una gran irritación a la Corte.

El tribunal le pregunta ahora al Fiscal si tenía una base más fáctica para este cargo. El fiscal dijo entonces que había recibido recientemente este caso de otro Fiscal, y por lo tanto no había surgido más pruebas durante la investigación preliminar. Ahora el tribunal estaba, para decirlo suavemente, molesto con el Fiscal que demandó por motivos tan vagos, y además de todo, tuvo al sospechoso detenido durante mucho tiempo.

Capítulo 19

El tribunal razonó un poco, y vino a desestimar toda la acusación, ya que no había nadie como prueba totalmente técnica, sino también que al mirarla por motivos objetivos no podía condenar a Erik, y por lo tanto dejar la acusación en todos los puntos. El tribunal informó a Erik que tiene derecho a una indemnización por el tiempo que fue detenido.

Erik dijo que no quería ninguna compensación. Lo que probablemente sorprendió un poco a la cancha, pero uno no debe abrirse cuenta demasiado grande pensó Erik. Ahora la sala del tribunal estaba vacía en unos minutos, y Erik tuvo que volver a la cárcel para recoger su ropa y otras pertenencias que tuvo que renunciar en el centro de detención.

Cuando regresaron a la cárcel, tuvo que limpiar un poco la celda, y también aprovechó la oportunidad para ducharse antes de salir de la cárcel, pero cuando volví a la celda, el guardia dijo que tenían que encerrarme, entonces las reglas eran tan. Probablemente fue la única vez que Erik pudo, decir que estaba bien que cerraran. Cuando supo que pronto saldría de este infierno. Finalmente, estaban en libertad de nuevo.

Ahora... Erik era libre, y la idea de la venganza sólo se hizo más fuerte por minuto.

Todos en la Organización tuvieron uno entre la audiencia en todo el juicio, y probablemente la persona le informó a Henke y a otros que Erik estaba en libertad de nuevo.

La sensación que Erik tenía era maravillosa, y donde la mayoría de la gente sin duda sentía que estaba en el campo de juego equivocado, cuando Erik realmente quería hacer el proceso corto, porque ahora explotaría. Henke sabía que Erik no sería divertido ser incluido, así que trató de hacer las cosas lo más suaves posible.

Henke pensó que tenía un as bajo la manga donde el agente McGill, y sus contactos dentro de SAPO, podrían ser útiles en esta situación, aunque ella no había tenido una reunión decisiva con ambos, por lo que Henke sintió que podría ser útil tsombrero Erik era libre se sentía absolutamente maravilloso now tal vez Erik podría imaginar que había tenido suficiente de este pantanocriminal, No que la sensación no había llegado.

Erik tomó el tren a casa, porque no quería su coche en, el momento en que pensó que era difícil sentarse en él. Estaba decidido a ir a casa a su apartamento, y una vez allí se arrojó al sofá y comenzó a pensar en cómo podía hacer cosas más inteligentes, y eso les dio dólares realmente grandes,, sinque se le había dado unnombre, no había la más mínima duda al respecto, pero qué reputación y nombre que se le había dado entonces. Haría que cualquier persona tuviera miedo de la oscuridad, pero Erik no tenía ningún problema con los rumores en esta ocasión, era su marca en ese momento, y un requisito previo para poder sobrevivir.

Erik quería hacer todas las cosas a la vez para vengarse. Sabía que esta venganza era una venganza, que asesinará a mucha gente. Respiró muy profundo y cerró los ojos durante unos segundos. Cuando Erik volvió a mirar hacia arriba, se dio cuenta de que el juego podía comenzar, porque ahora eran sólo pensamientos crueles que tenía.

Para empezar, sacaba todos los servidores. Erik tenía muchos pensamientos sobre la delincuencia económica,que correctamente planeado podría dar un retorno gigantesco, ya que está muy bien llamado. Tenía una gran cantidad de conocimientos, en administración de empresas. Un conocimiento que difícilmente podría traer un mejor éxito en los pasillos de las grandes empresas. Erik decidió enchufar cosas importantes como informes financieros, mensuales, trimestrales, terciarios, 6 meses ymás, see obsesionó completamente con este conocimiento económico, realmente le interesaba profundamente notenía libros sobre este tema en particular por lo que ordenó libros, pero también leyó mucho a través de Internet, ya que esto podría dar una imagen más amplia de cómo este mundo financiero funcionaba a fondo.

Ahora Big Mama había estado en su lugar, pero él no sabía 100 por ciento dónde estaba y esperó su conocimiento, y mucho menos si eran madre e hija McGill? Porlotanto, no era apropiado comprobarlo ahora. Entonces,, Erik continuó él mismo, hasta que lo supo.

Erik comenzó su venganza al noquear a los servidores de espectáculos que eran importantes para la Organización y eso los paralizó. La Organización no hizo mucho tiempo para reaccionar a que alguien estuviera dentro del sistema,, por lo que claramente habían llamado a Jim OneBone, que tenía mucha experiencia.

Henke quería limpiar todo el sistema, y sería depurado si alguien estuviera dentro ahora. Jim OneBone lohizo, solución de problemas de acuerdo con todas las reglas del arte, y le dijo a Henke que no había nadie allí.

Henke sabía que Erik estaba a la cabeza, pero cómo lo probaría? Sí, dijo Henke, será difícil, si no imposible enmarcar un fantasma que no existe. No, tienes derecho. Jim OneBone dijo. Henke habló en profundidad con Bob sobre cómo Erik podía ser detenido, pero Henke sabía al mismotiempo, tiempo que sería difícil. Bob es una persona tranquila que no dice mucho si no tiene nada que decir, fase que tuvo esta vez.

Tienes algo que decir, Bob? Henke se preguntó.

De repente comenzó a decir más de dos palabras, de lo contrario no lo hizo en una semana.

Qué quieres decir, Bob? Henke dice.

Ahora toda la Organización reunirá fuerzas, así que ahora probablemente la mayoría de las cosas fumarán, y si todos ustedes son tan estúpidos que deliberadamente van tras una persona que la propia Organización entrenó durante muchos años, tendrán que culparse a sí mismo. Dice Bob con un tono definido.

Qué quieres decir, Bob? Henke dijo.

Henke, eresel jefe de la Organización, así que deberías saber que vas a ponerte el infierno cuando esta persona llegue a los golpes. Que no ves, has entrenado a la persona sobre la que saltaste, y que esperas ganarse a esta persona, estás drogado o?! Bob dijo.

No, no estamos drogados! Henke se lo dijo a Bob. Ahora quiero que me escuches. Me healejado de mis principios que no deberían ser una solución, pero hehablado con el agente McGill, y espero que pueda ayudar a poner inteligentemente a in Erik.

Eres unre alto! Bob le dijo a Henke.

La cosa es, dijo Henke, queyahe hablado con el agente McGill, y dije que sabía quién mató al hermano, pero no el nombre.

La idea es que el agente McGill tiene un sinfín de conexiones en el sistema de justicia.

Ahora sólovoy a darle un pequeño empujón que fue Erik quien asesinó a su hermano Carl, y entonces el agente arrestará a Erik.

Henke, esuna rata! Dijo Muscle montaña, que no parecía exactamente tan inteligente... pero tan inteligente que alguna persona se estaba convirtiendo en un chirriante.

Porsupuesto, me hemarchado,, un consejo anónimo al agente McGill. Henke dijo.

Bob dijo. El riesgo es que esto no suceda. Erik es una persona inteligente, y que entraría en una trampa, parece extremadamente extraño. Erik ha sido tan minucioso, así que por qué iba a comprar esta trampa?

Jim OneBone estaba buscando trabajo continuo todo el tiempo, y Henke parecía un poco gris, pero el juego había comenzado. Erik sólo quería enfatizar a Henke un poco, pero por el momento optó por no noquear el servidor. Henke le dijo a toda la gente de la habitación que serían observadores.

Henke habló con Bob que Erik estaba ahora en libertad.

Mientras tanto, Erik leyó en varias ocasiones, con el fin de encontrar todas las posibles lagunas en la ley, y ahora estaba en una parte del crimen donde lo haría ilegal, bastante legal, y con las leyes existentes llevar a cabo los crímenes sin que las autoridades puedan intervenir con ninguna medida coercitiva. Como nos ha dicho anteriormente, no hay un crimen perfecto, y nunca lo hará. Ciertamente hay muchos de los que han estado expuestos a Erik que sin duda afirmarán que el crimen perfecto existe. Pero la pregunta es? Cómo se define el crimen perfecto?

Muchos ciertamente lo describirían diciendo que hicieron, por ejemplo, un robo, vendieron los artículos, guardaron el dinero del robo, sin ir a.

Particular. Económicamente, se podría decir que fue un crimen perfecto, pero Erik no comparte ese razonamiento, ya que cree que si algo es perfecto, no debería afectar a ninguna persona. Ni financiera, psicológica ni físicamente. Tal crimen no existe.

Hacer un crimen con ganancias financieras no es un problema en absoluto, pero que la ley puede atraparlo. Una autoridad que conoce esta posibilidad es la Fiscalía, pero también la Autoridad de Policía. Ambas autoridadestienen, para, mantenerse frustradas,, y ver los crímenes más,, o menos suceder, sin poder intervenir, porque los malos conocen y conocen el libro de estatutos. Mediante el uso de este conocimiento, se crea una capa intermedia, con la sociedad de un lado y los malos en el otro.

Porque Erik no cruza la línea que prueba que se ha cometido un crimen, sino que equilibra la línea de la ley que hace la diferencia entre un crimen, o algo legal.

Luego viene la palabra crimen en una luz completamente nueva. El fiscal debe probar una vez más que se ha cometido un crimen. Pero, cómo hará eso este fiscal? La fiscalía no puedeprobarlo. Muchos de los que leen estas líneas pueden pensar que esta es una descripción casual de lo fácil que es eludir nuestra sociedad legal, pero no se trata de eso.

Erik ahora quiere que la sociedad introduzca una mayor flexibilidad en su aplicación de la ley. ¡Siempre voy a tomar a un tipo malo para atrapar a otro tipo malo. Porque si nos fijamos en las estadísticas de autorización del estado sobre varios crímenes, y realmente los miran de cerca, la mayoría de la gente común tendrá un shock. Son los delitos menores que se aclaran, y que el estado no hace frente al crimen organizado es un hecho, y cuando se lee a sus estadísticos muestran que la ley funciona, y que la mayoría de los matones van tras las rejas isi la sociedad eran para atrapar a los realmentegrandes malos,, chicos tendrían que empezar a trabajar con ex-matones en lugar de poner una llave en las obras. Los viejos matones no pueden entrar en la sociedad debido a sus mochilas, y esto no se debe a la escasez de habilidades, sino al contrario, diría Erik. Porque si un viejo malo entra en una empresa, el riesgo es extremadamente alto de que las habilidades de este autobús pasen al empleado habitual.

Hay llamamientos para que más fiscales, y el Primer Ministro, esté agregando más dinero, a un sistema ya disfuncional, mientras que el Ministerio Público está ampliando su cooperación a un nivel más internacional, yla comunidad jurídica no es consciente de que en realidad están conestas medidas simplemente tirando el dinero al lago? Qué es tan difícil de entender? Pensé que Erik.

Fiscalía, abra las ventanas de la oficina, doble el cuello y mire hacia abajo al suelo. En el suelo están las primeras travesuras, que tienen la solución a las fuerzas del orden. Erik está convencido de que muchos crímenes podrían ser resueltos, si los viejos criminales tuvieran la oportunidad de probar su negocio, de una manera legal, y a través de esa cooperación, pronto se habría logrado una sociedad de menos delitos y aplicación efectiva de la ley.

Con un nido protegido, una comunicación no puede ocurrir cuando la solución está en la calle y los responsables de la toma de decisiones están sentados en el corredor de sándwiches de camarones. Sería mucho mejor que los políticos con poder de decisión pudieran encontrar una especie de plataforma neutral, donde, bajo el liderazgo de las autoridades, podrían reunir un equipo, construido sobre policías experimentados, y ex matones que saben cómo evitar la ley.

He visto demasiado de esta sociedad corrupta. Erik dijo, para mantener mi boca cerrada por más tiempo.

Muchas veces la gente dice quetiene, para decirles que consigue a alguien,sobre un evento donde algo terrible ha sucedido. El problema es que sólo ALGUIEN. Son los más corruptos en la sociedad, con mucho poder y gran influencia. Entonces, a quién le dices? Sobre un evento así?

Si jugamos un poco con la idea, y que el estado tendría una aplicación de la ley más efectiva. Erik piensa. Esto conduciría a un nivel extremadamente alto de desempleo en, por ejemplo, el Servicio Penitenciario. Porque como se estructura hoy en día, se puede comparar con un vertedero, donde se aprovecha de todo lo que se puede reciclar. Que esexactamente como funciona el sistema correccional hoy en día. Erik comenzó a entender la importancia de todos estos informes financieros que serían una parte importante de un posible crimen ecológico y ser capaz de leer los informes provisionales de una gran empresa se puede describir como la lectura de una factura de electricidad. Se puede hacer,

pero no es fácil, diría él, pero como en el mundo
real del trabajo, usted trabaja su camino hacia
arriba, al igual que en el mundo criminal
también.

Erik se sienta y piensa en cómo empezó todo,
con crímenes simples, y luego avanzar hacia
arriba. Sigue pensando en cuándo estaba más
dentro de su mundo financiero y criminal,
cuando comenzó a surgir gente relacionada con
Mc. Había tenido contactos relacionados con Mc
en el pasado, pero no de este calibre, que a
través de su red de contactos había llamado la
atención sobre el trabajo criminal de Erik, que
había dado buenos resultados. Erik inicialmente
conoció a un gran hombre muscle términos,
llamado Lasse. Erik pensó en los que había
hecho trabajo anteriormente, cuando la tienda
de carne estaba hecho, pero esto era
aparentemente una clientela diferente, con
Harley Davidson como la estrella guía.

Qué, o a quién me uniría? La primera idea era
que el dólar tenía que gobernar, pero era un
nahepensado, ya que esto no era una opción.
Hm!? Qué debo responder? Entonces le
preguntó a Lasse si podía ser independiente,
como lo hizo antes, pero no pudo responder a
esto. Sólo tenía la tarea de saber si una reunión

era posible y si había interés en ella. Erik recuerda que su primer pensamiento espontáneo fue no celebrar una reunión, pero fue suficiente que parpadeó una vez, y vio este gran signo de dólar cuando sus párpados estaban caídos por un milisegundo.

Por supuesto, quería conocer a un miembro que pertenecía a la élite del inframundo, y que tenía una red de contactos que abarcaban gran parte del mundo. Erik piensa en cuando se sientan en la cocina de Lasse y conocen a Jonte por primera vez. Cuando entraron en suapartamento, tomaron un café y hablaron de algo esperando a que Jonte viniera difícilmente puedo creer que Erik tuviera tiempo de levantar la taza de café antes de escuchar la puerta principal de Lasse abrir Erik estaba tenso como una pluma, dijo suavemente.

Erik oyó a alguien gritando, Hey, fuera de la sala, y Lasse respondió Hallo! Ahora había presión en el cerebro de Erik. Era como si todas las células cerebrales de su cabeza no tuvieran cumbre, y eso tenía lugar entre los cerebros grandes y pequeños. Se sentía como una forma más leve de falta de oxígeno en el cerebro. Ahora se estaba llenando en la cocina.

Este Jonte estaba ahora de pie en la habitación donde Lasse y yo estábamos tomando café. Sólo llevaba una chaqueta normal y no un chaleco? Qué es esto? Pensé que Erik. Entonces esta chaqueta destruyó toda su imagen de este miembro, entonces Erik esperaba que tendría un chaleco. Erik, por supuesto, no podía mantener la boca cerrada, pero tuvo que preguntar por qué no tenía su chaleco puesto?

Jonte se ríe y dice que tiene su chaleco debajo de su chaqueta, que ahora se va para mostrar de dónde vino. Parecía que alguien había corrido por una bomba de vacío en los pulmones de Erik y succionado todo el aire, y no podía hacer un sonido. A sólo un metro de mí se encuentra un miembro de pleno derecho!? Pensé que Erik. La sensación que sentía tal vez podría describirse como cuando un marchante de arte encuentra la obra de arte oculta de un artista famoso y ahora se encuentra frente a este objeto.

La razón por la que no tenía el chaleco visible era porque no quería llamar la atención, sino también porque venía en coche en lugar de con su bicicleta.

Había una regla, que decía que sólo podían tener sus chalecos puestos, si conducían una bicicleta, y si iban a ser atrapados por otro miembro conduciendo con un coche y el chaleco puesto, o se fueron en la ciudad con el chaleco, que deben el fondo del club 5000 SEK en multas. Esta era una manera para que el club hiciera que los socios fueran menos visibles, ya que nadie quería pagar estas multas.

Jonte dice que siguieron el último trabajo de Erik, y que estabanmuy, impresionados con lo inteligente que se habían hecho estos crímenes, sin ser atrapados.

A Erik se le había dado una marca que ahora descubrió. Todo el mundo habló de que se enteraron del crimen de Erik, dijeron que él como persona tenía la capacidad de atacar, Desaparecer y Nunca más ser visto.

Sí! Tal vez yo seacomo es. Le contesté a Jonte.

Eres impresionante. Jonte dijo. El club quiere invitarte a hablar de algunos negocios, donde puedes ganar dinero serio con cosas simples.

Erik probablemente respondió que sí gracias a esa invitación antes de que Jonte pusiera la pregunta lista. Luego había sobre todo un montón de todo y todo. Antes de que Jonte se fuera, dijo que estaba deseando verlo en el club en un par de días.

Puedes contar con eso. Erik respondió. Jonte va y luego se va con el coche. Lasse ya comenzó a señalar que Erik no iría a la Organización si no está seguro de que haría frente a la presión cuando no hubiera vuelta atrás. Una vez dentro, nunca fuera.

Erik sabía que no podía retroceder una vez que llegó a su Organización, y sin embargo no dudó ni un segundo, aunque sabía que una deserción sería acompañada por un entierro seguro. Erik lo había hecho para la llamada élite, y era algo por lo que se había esforzado durante todo su tiempo criminal. Ahora que tiene un pie en esta Organización, realmente quería mostrar sus pies en todos los niveles. Resultó que probarían uno en diferentes niveles, qué habilidades tenían. Erik era un friki de la computadora, así que pensó que esto sería difícil. Lo único que estaba fuera de su mundo de la computación eran las artes marciales que entrenó durante muchos años, pero rápidamente parecería un poco delgada.

Erik estaba ahora en la puerta del patio del club, que estaba cerrada con una gruesa cadena de hierro y un candado, y en frente de la puerta era un cable eléctrico similar lay grueso. No era un cabl eléctricoy era un cable que daba una señal en la casa club que alguien quería pasar,, similar a un cable utilizado por la Administración de Carreteras para contar el número de coches que cruzan un tramo particular de carretera. Cuando Erik está allí esperando a que alguien venga y abra, un autobús de la policía pasa detrás de su coche, en la carretera más atrás. Detienen el autobús, y Erik pensó que ahora se acabó de nuevo. Así como comienza a preguntarse si volvería a entrar tras las rejas, Jonte viene y abre la puerta.

Estáagitando Erik,, puede conducir. Cuando se baja del coche, Jonte se acerca y saluda tomando la mano. Entonces todos los que estaban dentro de la Organización salen a saludar a los mismos. Erik se sintió muy bienvenido, ya que todo el mundo eramuy, agradable con él. Después de saludar, los miembros se separaron. Jonte ahora quería que fueran a la casa club para que Erik pudiera ver el interior del club. Estaba tan limpio y libre de polvo para que pudieras lamer el suelo con la lengua. Todo estaba limpio.

Era como mirar directamente a la compañía del sistema, con todo tipo de licores disponibles. Una colección increíble. El bar estaba hecho de roble, y con una tapa de mármol que eramuy, agradable. Las barras no eran productos IKEA, pero estaban hechas de acero inoxidable.

Jonte pregunta qué pensaba Erik de su casa club, y sólo podía decir como era.

Entonces Erik se reuniría con otros miembros que llegaron gradualmente, mientras él y Jonte hablaban. Todo eraimilitardisciplinado, y todos tenían un papel que cumplir. Si las autoridades suecas hubieran tenido la mitad de esta disciplina, habrían tenido una sociedad completamente diferente. Una sociedad de orden.

Había un montón de nuevas impresiones que Erik aceptaría, y en realidad estaba muy impresionado con lo cuidadosamente que todo estaba dispuesto he le preguntó a Jonte quién era el Presidente medijo que no podía decirme cuando había tiempo de guerra con otra pandilla. Su Presidente era muy reservado acerca de ellos, ya que esta información podría causar un gran daño a su organización local. Asíque, creyendo que uno sabría quién era su Presidente, incluso después de la primera visita, fue un poco ingenuoipor Erik.

Jonte quería que volviera lo antes posible, y Erik entendió que habían tenido su nombre en el fondo de pantalla mucho antes de visitar esta Organización, pero cuál era su propósito básico, no lo sabía. Al menos se aplicaría a los negocios, tanto que sabía desde la reunión en Lars. Pero qué negocio, no estaba claro.

Al día siguiente Erik llamó a Jonte para ver si vendría a la Organización. Pensó que era una buena sugerencia y condujobastante, rápidamente después de que terminaron la conversación. Una vez en la Organización, Jonte quería que hablaran sobre lo que estaba pasando y hicieran algún, tipo de acuerdo sobre cómo trabajar. No dejaron nada al azar, lo que se adaptó perfectamente a Erik, ya que él mismo era una persona que odiaba si algo salía mal o estaba mal planeado.

Erik consiguió un teléfono móvil y un visor, que siempre tendría con él, Estos serían tanto de día como de noche, lo que construyó un estrés interno, pensó Erik, cuando se utilizaba para controlar su día él mismo, pero ahora fue monitoreado, por móvil y visor durante todo el día.

Por qué entonces quieres pertenecer a una Organización así, uno podría preguntarse? Porque sólo implica mucha violencia y otras ilegalidades. Para Erik personalmente, la palabra clave era dólares, que estaba completamente loco, pero también el gran respaldo que entonces tenía detrás de él. Fueron sólo 6 meses de infierno, donde se realizarían cosas que Erikpuede, sin mencionar en este libro. Dado que el riesgo sería directamente inminente que el Ministerio Público recibiera dos noches de Navidad en el mismo año, y Erik no quiere darles, ya que ahora ha comenzado una nueva vida.

Uno sería desgarrado,entrenado y volver a probar lo grande que era la lealtad a los miembros y a la Organización. Fue un lavado de cerebro, pero lo tomaste, por lo que estaba por venir. (Se pensó). Era posible alquilar un cuartel en la casa club. Una pequeña caja, diría, de sólo 7 a 8 metros cuadrados. Está disponible para su uso y el costo es de 700 SEK que se paga directamente a la Organización.

Se aprenderían muchas reglas nuevas, y sólo los miembros de pleno derechoeran, se les permitió participar en las reuniones del club, los miembros de la prueba no eran bienvenidos. Erik quería saber lo que se discutió allí, pero estaba tranquilo como el muro, sobre lo que se dijo en las reuniones. Erik luchó e hizo su parte, durante este duro entrenamiento, tanto física como mentalmente. Se trataba de si podías manejar la presión o romperte por completo. Dado que había muchos que querían pertenecer a la Organización, el club tenía que ser muy duro en el"perno"realen que tenía el potencial de hacer frente a este entrenamiento de enfermos.

Este atornillado era extremo en este club y lo
comparó con el club con el que la Organización
en ese momento estaba en guerra, había
grandes diferencias. Sus rivales tenían una
estrategia diferente con respecto al alistamiento
de nuevos miembros, donde era bastante rápido
entrar en esa organización si conocías a las
personas adecuadas, pero allí también tienen
una mentalidad sobre sus miembros que se
puede describir como directamente inestable
levemente dicho. No fue una coincidencia que
uno de sus miembros, en una recuperación,
pusiera una boca de pistola en la cabeza de un
bebé pequeño. Su Organización limpió a este
miembro él mismo, pero sólo demuestra que
trajeron cualquier cosa para las personas de la
otra organización con los contactos adecuados.
Lo que tomó cinco años en la Organización en la
que estaba Erik, a veces sólo tomaba un año con
el otro, lo que crea a una persona presionada
con ansiedad por el rendimiento cuando al
comienzo de su carrera tenían que mostrar sus
pies al tener éxito en sus trabajos como DOGS
(colectores de deudas, basuras) pero también
como los llamados burros de la manada
(traficantes de drogas) donde nadie quería fallar.
Volver al club como un burro de carga, donde
perdiste el paquete, podría crear consecuencias
devastadoras para esa persona, que en tal

situación se vuelve desesperada. Tan desesperados que incluso pusieron una boca de pistola en la mente de un bebé. Totalmente increíblemente suave.

No es que la Organización de Erik fuera un cordero piadoso, pero exponer a niños o mujeres a algo así NUNCA sucedería. Era una ley no escrita que bajo ninguna circunstancia llegaste a someterlos a algo así, o incluso abofetearlos. Cuidar a tu familia con reverencia. En esos momentos había problemas en una familia, el club involucrado en la familia. Mentir en el entrenamiento mientras tenía una familia, estaba directamente relacionado con problemas familiares.

El club no aceptó ningún abuso o similares en una familia. Esto fue resuelto tan pronto como llegó al club. Durante la prueba en un períodony, recibieron entrenamiento de armas, entrenando en varios explosivos. Uno aprendería qué armas usar en diferentes momentos, o qué tipo de munición era más adecuada para una incursión. Al aprender sobre explosivos, una gran parte de ellos era sobre cómo apuntar al explosivo para que obtuvieras el efecto que estabas buscando. Tienes entrenamiento en combate cuerpo a cuerpo con diferentes armas como cuchillos, nudillos con cuchillas pequeñas soldadas y cómo y dónde envolver estas pequeñas cuchillas en diferentes lugares del cuerpo del oponente sin morir sobre ellas.

Había un miembro de la Organización que tenía tres años en el ejército, donde se le había permitido asistir al agotador entrenamiento de soldados durante esos cinco años. Este miembro, GammelMan, ahora tenía la tarea de educarlos, en lo que se podría llamar arte marcial. Donde más aprenderían sobre armas,explosivos y cuerpo a cuerpo. Incluso contó con un tipo extranjero en algunas ocasiones durante el entrenamiento real. Esto sorprendió a Erik muy rápidamente, pero su presencia explicó muy rápidamente cuando este tipo, ya a la edad de 24 años, fue retirado debido a una enfermedad mental que había surgido durante el tiempo que había estado involucrado en la guerra, entre Irán e Irak. Este tipo tenía que llevar los cadáveres de sus compatriotas, y a veces sólo partes a través de la frontera, para que volvieran a casa. Que era mentalmente inestable, había poco de lo que dudar. Tenía sus idiotas. La mayoría de la gente tenía un gran respeto por él, cuando una vida para este tipo. No valía nada, y mirar a la muerte en la cara era algo común para él.

Fuerealmente, aterrador estar tan cerca de una persona así. Esta persona tenía un nombre extraño, que no recuerda hoy, pero no importa. Al menos fue esta persona la que los entrenaría en la guerra psicológica, y cómo aprender a apagarse después de que se haya hecho el trabajo. Uno simplemente aprendería a borrar los sentimientos desagradables que podría obtener en ciertos trabajos.

Erik ahora puede decirnos que absolutamente no funcionó. Se le enseñó a reprimir las cosas, o incluso a cambiar sus emociones. Nada que Erik recomendase a cualquier alma viva, ya que regresa, tan seguramente como Amén en la Iglesia. Una vez que vuelve, escualquier cosa menos divertido. Para volver al tema anterior.

GammelMan comenzó a dar cuenta de las diferentes granadas de mano y en qué momentos se utilizaron nofue muy interesante que el entrenamiento,, GammelMan luego saca una granada de mano llamada granada de mano de distracción, que se puede utilizar en la banda si se quiere sorprender a los que sorprendería. Cuando una granada de este tipo se apaga, se convierte en un resplandor extremo con una explosión extremadamente fuerte. Estamos hablando de un nivel de sonido de más de 150 decibelios, y una luz que congela completamente el mundo exterior durante unos segundos. Debido a que esta luz es tan brillante, todos de las fotocélulas de una persona en el ojo se activan, lo que a su vez crea una imagen congelada del mundo exterior. Se puede comparar con sentarse y ver la televisión, y luego presionar el botón de pausa. Es durante esos segundos congelados que la policía hizo huelga.

GammelMan nos enseñaría cómo optimizar la acción explosiva a través de varios métodos probados. Lo hizo mostrando cómo funcionaba una carga de agujero, y a través de esta carga de agujero creó lo que era un explosivo objetivo. Fue muy decisivo en los resultados, dependiendo de cómo se hizo la dirección. Tuvieron que aprender sobre muchos explosivos. Pentyl, fue uno de los temas de los que aprendieron. Es un polvo blanco, utilizado en granadas de mano y en muchos otros explosivos. Se discutió tanto sobre este Pentyl, que finalmente se convirtió en una broma permanente entre los miembros de la Organización.

Una persona podría preguntar si había Albyl? No, pero Pentyl existe. Erik pensó que eran bromas enfermizas.

La doctrina de la estructura de la granada de mano fue completamente esbozada. Todo, desde los diversos gatillos mecánicos, fusibles químicos, hasta qué tipo de metralla consistía la granada. Tenías que aprender el efecto explosivo que tuvo el sujeto.

Erik contó el volumen, las energías que fueron liberadas en una explosión, y se trataba de explosivos como C4, donde la explosión, o la velocidad con la que la presión del aire se movía por segundo y metro. Muchos dicen que explotó, pero pocos saben lo que es una explosión. Cuando se produce una explosión, hay una gran cantidad de energías liberadas. Si una carga del c4 explota, significaría que la masa de aire y la presión de las energías liberadas se moverían a una velocidad de 8.400 M/s (Metro por segundo), entonces tal vez la persona que lee estas líneas entiende lo poderosa que está hablando la explosión de Erik. Muchasveces, es difícil describir con palabras cuán poderoso bangs se convirtió.

Una comparación que se puede hacer, es si se piensa en un coche grúa regular quelevanta, hasta diferentes materiales de construcción mediante la salida del propio brazo de la grúa. Cuando se expulsa un brazo de grúa de este tipo, se realiza con una presión equivalente de

60 a 70 kg. Compara esa presión con una escopeta que dispara una escopeta normal, donde la presión sobre el granizo que emana es de unos 600 kg. Así que tal vez loentiendas mejor.

GammelMan terminó el día diciendo que mañana verían una de las armas más peligrosas del mundo, que no podía ser revelada. Erik pensó como un loco sobre qué arma podría ser. Había tantas armas peligrosas en el mercado, pero un arma que no podía ser revelada hacía mucho más difícil de adivinar.

Había mucho que aprender, al mismo tiempo Erik trató de ellos de tener momentos libres para estudiar administración de empresas para que pudiera hacer los sofisticados delitos ecológicos mástarde, en.

Ahora Henke realmente se veía gris, y el llamado fibroma ya no era tan duro. Henke se dio cuenta de que GammelMan ha entrenado a Erik... Pero la pregunta es qué. Porque suena más como una máquina que como un humano. Henke dijo. Sí, lo hace, dijo la montaña muscular. Se siente como si estuvieran en, con el fin de hablar con GammelMan, porque el daño puede ser extenso. Henke optó por leer más sobre el entrenamiento, que GammelMan entrenó a estos psicópatas durante menos de 5 años.

Capítulo 20

GammelMan comenzó a entrenar alrededor del mediodía del día siguiente. Erik estaba emocionado por la expectativa de esta peligrosa arma. Produco un periódico diario regular,, emuyuno se preguntó si era una broma. Ahora recoge el periódico para confirmar que el periódico que tenía en la mano era una de las armas más peligrosas del mundo. Lo primero en lo que Erik pensó fue en si este viejo había fumado hierba mala, muy,, hierba mala? Tampoco fue el 1 de abril. Qué quiere decir? Erik pensó. Alguien gritó y preguntó si eso era lo que había aprendido en la Legión Extranjera. Para leer el periódico? Un comentario que hizo reír a todos. GammelMan comenzó a explicar lo que quería decir con esta afirmación, después de que la risa había disminuido, explicando que si enrollas un periódico duro, tan duro, así que se convierte en un palo delgado, podrías convertir un periódico ordinario en un arma mortal. Lo que en realidad funciona ygolpeando la punta final del periódico duro se puede matar fácilmente a una persona conla vuelta delextremo diagonalmente hacia arriba hacia el hueso nasal de una persona, el hueso de la nariz de la persona se empuja hacia arriba en el cerebro y la persona muere instantáneamente.

También se podría utilizar este periódico para dañar a una persona muy seriamente, golpeando el periódico directamente en el ojo de una persona o en el oído de la persona. Cualquier cosa para neutralizar al enemigo. Que soyexactamente lo que GammelMan quiso decir con el arma más peligrosa del mundo. Un arma en la que ningún hombre reflexionaría. Un periódico que, por medios sencillos, y que en pocos segundos se convirtió en un arma letal directa.

Todo este entrenamiento comenzó a afectar negativamente a Erik, ya que ningún hombre está creado para actuar como una máquina. Erik comenzó a beber grandes cantidades de alcohol, cuando esta intoxicación se convirtió en una forma de relajación, y su cuerpo a menudo estaba francamente agotado por todo el entrenamiento, y del lavado de cerebro psicológico como en realidad era uns dije, había muchas reglas a seguir dentro de la Organización, y uno era que no se le permitía tener ningún tipo de problema de drogas. Sí,, lo leíste bien.

Esas reglas eran el club. Cualquiera que quisiera tomardrogas, pero sería bajo condiciones controladas, algo que cualquiera puede averiguar que no funcionó directamente. Un

miembro, lo llamamos Mirko en este libro.
Mirko tenía bastantes problemas con la cocaína
y además de eso bombeó testosterona, que es
hormonas masculinas. La cocaína y la
testosterona combinadas son cualquier cosa
menos exitoso.

Sufría de un estado de ánimo afrutado, con
muchos resultados agresivos. Esto significaba
que Mirko a menudo estaba rompiendo otra
regla. La regla que decía que nunca podrías
levantar un dedo a tu propio hermano, o poner
a otro hermano en peligro o problemas. Mirko
estaba a menudo cerca de hacer esto, y alfinal,
rompió la última regla mencionada.

Dentro de la casa club había una habitación
llamada la sala de vigilancia. En esa habitación
había una gran cantidad de pequeños monitores
(televisores) donde cada monitor mostraba una
imagen de las cámaras de seguridad montadas
en el tablón que rodeaba el patio del club. Todo
el mundo tenía un tiempo reservado para
sentarse y monitorear estas cámaras. Mirko iba
a su turno alrededor de 3 a.m., y luego entraba
en la habitación donde otro miembro estaba
monitoreando el área. Cuando Mirko entra en la
habitación, ve a ese miembro durmiendo. Esta
fue una de las cosas más serias que se podían
hacer. Durante el período de guerra actual con

nuestros rivales. Toma una botella,, que le tira en la cabeza, y luego recibe una bofetada gorda. Ahora el resto del club se despertó, que tuvo que empezar por dividir a estos dos miembros habíacometido ahora una infracción muy grave de acuerdo con el libro de reglas, que resultó tener consecuencias telmismo día, los que eran miembros de pleno derecho celebraron una reunión sobre este incidente, y donde rápidamente se sucedía el rumor de que podrían ser excluidos de la Organización. Donde se pondrían en BAD STANDING. El peor castigo de todos, y eso significa que a estos miembros se les permitiría abandonar la Organización, sin ningún respaldo, y donde cualquier otro club Mc tuviera que dispararles sin consecuencias. Unos días más tarde, se su descubrió que estos miembros habían recibido una advertencia seria y una multa de 10 000 sek. Unafrase muyligera.

Muchas personas pensaban que tenían fiestas salvajes donde luchaban e incluso eran mortales. El público tenía una visión completamente equivocada de la Organización, lo que significaba que se decidió tener una casa abierta, donde los vecinos del patio del club podían entrar, y donde la organización ofrecía barbacoas y alcohol. También habían comprado muchos dulces y otras cosas, para cualquier niño visitante. El día que era de puertas abiertas, muchos se preguntaban si se atrevería a venir cualquier visitante. Los medios de comunicación habían pintado un cuadro de ellos, donde parecían ser los peores psicópatas. Mirko no había tratado de dar una mejor imagen de ellos, ya que una semana antes había visto un minibús parado un poco fuera de las puertas del club, y donde ese periodista había tomado fotos del patio del club. Cuando Mirko se da cuenta de esto, va y coge una escoba, abre la puerta y luego se acerca a la ventana del coche del minibús con el periodista adentro, y se estrella contra la ventana. El periodista entra en pánico y arranca el coche, lanza la colina y se va a toda velocidad. Más,, o menos vuela sobre una pequeña distancia de carretera y luego continúa en el campo unos cientos de metros antes de detenerse. Este periodista en pánico no escribió ninguna línea positiva directamente en el periódico sobre la Organización.

Debido a este incidente, muchos dudaban sobre la posibilidad de aparecer cualquier ciudadano común. No huboexactamente un apuro el primer día. Alrededor de las once de la mañana, apareció el primer visitante. Tenía un pie dentro de la puerta y el otro afuera. Se veía bonito,, cómico. Jonte comenzó a ir en contra de este visitante que comienza a dar marcha atrás con cautela debido a su inseguridad y miedo que

ganó a través de los medios de comunicación.
Eran personalidades locas y mortales. Cuando
Jonte llegó al visitante, el visitante dijo que era
el vecino más cercano al patio del club y
comenzó a apuntar con la mano a su casa. Jonte
le dijo que pensaban que era genial que quisiera
venir de visita. El visitante respondió. Sí. Fue
divertido, pero ahora tengo, que irme a casa.

Los otros estaban tan cerca que podían escuchar
el comentario de este visitante sobre irse a casa.
Todos se reían cuando se dieron cuenta de que
estaba muy asustado y nervioso. Había unas seis
personas que ahora comenzaron a caminar hacia
el visitante, que se volvieron como endurecidos,
pero cuando lo saludaron y se presentaron, se
volvió un poco más tranquilo. Están tirando
salchichas a la parrilla.

Así, que puedes comer con nosotros. Jonte dice.

Bien. El visitante dijo y continuó diciendo que la
esposa tendría la comida lista pronto, por lo que
probablementetendrá que ser para otro
momento.

No, vamos. Jonte dijo y comenzó a entrar en la
casa club. El visitante miró de cerca a los demás
con ojos ansiosos. Pero luego comenzó a entrar
solo. Cuando había llegado en unos 20 a 30
metros, de repente se detuvo abruptamente.

Aquí será bueno asar a la parrilla. Dice el visitante de repente. Probablemente fue unos diez metros más a la parrilla, pero movieron la parrilla hacia adelante. Que se quedó allí fue probablemente porque quería poder ver la puerta, para poder salir corriendo si algo sucediera.

El visitante no era exactamente una fuerza motriz para ver dentro de la casa club. Todavía estaba demasiado tenso para atreverse. Todo el mundo realmente trató de conseguir que se relajara un poco y tomar su invitación de la manera correcta. Probablemente pensó que lo iban a matar, pero de repente fue como si su nerviosismo desapareciera de alguna manera extraña. El visitante quería entrar en sus instalaciones. Cuando entró, fue como si todas sus inhibiciones se soltara. Le preguntó a Jonte si podía recoger a su familia para que también pudieran ver las instalaciones. Tuvieron un hijo que leyó todo sobre la Organización y que estabamuy, interesado en las bicicletas, y en ver cómo vivían. El visitante dijo que el chico vio todo en la televisión sobre clubes de mc.

Por supuesto, su familia también fue bienvenida, ya que ese era el objetivo, de dar al público una mejor idea de lo que representaban, y que no mezclaban a los ciudadanos comunes y corrientes con sus negocios. Querían darle al público una imagen diferente, y explicar a aquellos que querían escuchar, que no estaban tan locos como los medios de comunicación pintados. Convencer a estas personas visitantes no fue fácil. Han leído sobre ellos durante varios años sobre las guerras que tenían los clubes, así que ahora les era tan humilde como era posible serlo.

Cuando el visitante, que era el vecino más cercano de la Organización, regresó con el resto de su familia, sintió que tener una jornada de puertas abiertas fue un intento exitoso de llegar a los ciudadanos comunes y corrientes. El hijo del visitante era bastante lírico que finalmente llegó a ver una organización en la vida real y sentarse en las bicicletas. El visitante comenzó a hacer preguntas cautelosas si podía cortar su hierba adyacente al patio del club. Algo que no había hecho durante unos años debido al miedo. Todo el mundo se preguntaba por qué no había segado la hierba. Entonces resulta que el periodista que recientemente había tenido la ventana de su coche destrozado había visitado a este vecino durante varios años antes y había construido un miedo al juicio.

Toda la organización comenzó a reírse,cuando nadie había oído algo tan gracioso durante mucho tiempo yeste vecino comenzó areírse cuando se dio cuenta de que el periodista acababa de hablar mierda even su esposase rió en voz alta cuando también se dio cuenta de que todo era una táctica de miedo mediático. Después de todo, sólo tenían que mejorar la relación de su vecino, lo que d hizo ayudando a este vecino con su cerca unos días más tarde.

Todo el asunto de tener una Casa Abierta fue bastante exitoso, y durante estos días había alrededor de 15 a 20 ciudadanos comunes, pero no familias enteras con niños, pero había al menos algunos, que la mayoría estaban contentos, pero después de la fiesta viene la formación y la re-entrenamiento.

Ahora se les informaría de lo que parecía en el patio del club y estaban en algún lugar donde pudieras hablar en el patio sin ser molestado por la policía. La organización fue una de las dos granjas que fueron más interceptadas en toda Suecia. Los agentes dirigían equipos de interceptación a la Organización, que sabíamos que del Departamento de Policía de Suecia filtrando información como tamiz. También hay reglas para ello, y también para qué información se puede decir en los teléfonos móviles. La organización había traído equipos para teléfonos Ericsson, donde podía montarse en un pequeño dispositivo de cifrado que estaba montado en la parte inferior del teléfono. Parecía un cargador pero más ancho. Al montar en este dispositivo de cifrado, entonces usted podría hablar por teléfono con otra persona sin que la policía sea capaz de escuchar lo que estábamos diciendo. Este equipo fue provenido de Israel, donde los materiales de guerra eran fáciles de obtener. Este equipo era directamente ilegal, y si se utilizara este equipo, que en Suecia está clasificado como material militar, tenía que solicitarlo.

Al alimentar el entrenamiento de una manera psicológica, con el tiempo se convirtió en tal que toda esta información destructiva sobre cómo manejar armas, municiones, interceptación y guerra psicológica se convirtió en el propio ADN. Uno estaba francamente embalado en la cabeza por toda la información y el entrenamiento.

Este lavado de cerebro se volviómás, o menos como un estrés postraumático tan pronto como empezaste a pensar de manera diferente a lo que se les había enseñado a pensar y actuar. Después de 6 meses en este infierno, habías cambiado como persona mentalmente. Con un estrés incorporado, y que siempre estabas en guardia donde nunca supiste cuándo ibas a recibir un disparo. Pensaste criminalmente 24/7 y cómo podías vivir fuera de la ley. La sensación de libertad buscaba donde la moto y el dólar jugaban un papel importante y ahora habían comenzado a mostrarse en su forma adecuada. Erik estaba atrapado en el infierno.

Como si el entrenamiento y el lavado de cerebro no fueran suficientes, la policía también era como los buitres que custodiaban a un animal muerto en el suelo. La policía a menudo allanaba, pero rara vez tuvo éxito. En el Departamento de Policía del condado de Skane, la Organización tenía dos agentes de policía que les informaron antes de que hubiera una redada.

Estos oficiales de policía son probablemente gerentes hoy y publicaron información por una suma de dinero. Les permitió deshacerse de todo antes de la incursión. Supongo prosecutor´s que la fiscalía lo haría. Cuando el Departamento de Policía y su departamento contra el Crimen Organizado golpearon duro la casa club.

Habían dispuesto un cargador de ruedas para conducir a través de las puertas. Luego hay policías que vienen por el tablón de todas las esquinas. Una vez dentro, los encerraron a todos en el patio de los garajes donde estaban las bicicletas cuando se metieron con ellas, y luego registraron a toda la Organización en busca de armas y drogas, pero no encontraron nada cuando sus propios colegas habían advertido a la Organización antes. Terminaron volviendo a la estación sin nada que el fiscal pudiera presentar cargos La fiscalía tuvo que pagar las puertas con 80.000 SEK porque fue completamente destruida cuando el cargador de ruedas pasó a través de ellos enun mundo donde el fracaso fue acompañado por la muerte ola prisión crea una máquina sin emoción. A muchos que leen esto probablemente les resulta difícil entrar en lo que realmente era. Tenías que tratar de usar las herramientas que te habían enseñado a apagar y encender, pero poder apagarte requería que renunciaras a la visión humana que una vez te criaron para tener.

Un hombre que se lanza constantemente entre la lealtad inculcado, la fraternidad y el caos se vuelve un poco extraño tarde o temprano. Erik a menudo sentía que no tenía el control de sus sentimientos, sentimientos que consistían en odio, vandalismo, armas y lo peor de todo, la doctrina de la rápida liquidación del enemigo si fuera necesario.

Que se les enseñara a eliminar un cuerpo humano sin dejar rastros visibles o líderes era parte del ejercicio en sí. Sin embargo, fue la única pieza que se hizo en animales. Los

esqueletos de animales sacrificados se utilizaron
donde los huesos y la piel de estos animales
correspondían al cuerpo de una persona. Donde
se desarrolló entonces los métodos más
eficaces, sobre cómo hacer que los residuos
óseos y de la piel desaparezcan de la manera
más rápida y eficaz.

Normalmente, uno se imaginaría que el ácido
sería lo que hace el trabajo más eficientemente,
pero no es el más fácil de conseguir de una
cantidad tan grande de ácido, por lo que un
cuerpo humano desaparecería. Fue una guerra,
y en el peor de los casos, podría tomar un
camión cisterna entero con ácido. Algo que no
podría desaparecer sin que las autoridades
fueran alertadas. Otro problema habría sido
cómo almacenar tal cantidad de ácido.

Capítulo 21

La Organización los capacitó para que no se les note, ni para utilizar armas visibles sobre las que alguien reflexionaría, ya que esto podría llamar a los policías en mayor número. Esto también era cierto ahora cuando se iba a desarrollar un agente útil que podría hacer desaparecer los residuos óseos y cutáneos. Al final, se convirtió en cal sin exprimir, que es un agente extremadamente corrosivo, y con un poco de agua, tan eficaz como cualquier ácido.

Esta cal podría comprarse fácilmente a los hombres del campo sin que nadie reaccione. El nivel de tolerancia de Erik era inhumanamente alto. Un nivel que uno sólo puede lograr a través de muchos años de vida destructiva y empática.

Muchos de nosotros nos impresionaron las pesadillas desagradables. Mirko tuvo el mismo sueño a menudo, un sueño en el que se despertó en una habitación con cuerpos humanos podridos, y luego se despertó con pánico y pudo oler cadáveres. El propio Erik tenía muchos sueños diferentes, pero a menudo sueña con estar en la lucha del mundo con diferentes enemigos donde su objetivo era eliminar uno de la superficie de la tierra. A menudo me despierto sudoroso después de pelear la peor guerra conmigo mismo.

Probablemente fue el instinto defensivo acumulado que era una necesidad en, con el fin de sobrevivir en absoluto. Erik una vez recuerda haber visto a su pequeño Alexander jugar al fútbol. Después del partido, los padres iríana los chicos en el campo. Detrás de Erik viene otro padre que lo reconoció. Lo que hizo fue que vino detrás de él y puso una mano en el hombro de Erik y dice su nombre al mismo tiempo. Erik gobernó barriendo directamente a unos metros en el césped. Un reflejo puro por parte de Erik. Alexander mira a su padre y se pregunta qué está tramando, todos los padres mirando y saliendo del lugar. Erik se acercó a su padre y trató de explicar que era una reacción pura. Se preguntaba por qué hice eso. Sí, qué dices? Era vergonzoso para Alejandro, que se avergonzaba de su padre. El niño de Erik era y pensó que su padre era estúpido para hacer eso. Erik no podía explicar a su propio hijo, por qué su propio padre se comportó como el peor gángster, pero afortunadamente, los niños perdonan a sus padres después de un tiempo y él debe estar agradecido por eso.

Como Erik nos dijo anteriormente, el tiempo libre era algo que casi brillaba con su ausencia. Peropor supuesto que eras libre, pero siempre tenías que ser capaz de llegar, aunque en una de las ocasiones disponibles Erik estaba en casa en su apartamento, cuando suena el timbre. No miró a los ojos de la puerta, sólo se abre. Afuera está el cliente del filete de carne de res y se ve muy,, desagradable, para decirlo suavemente. Quería entrar, y Erik lo dejó entrar,, y entraron en la habitación grande.

Cuando se sentaron, el cliente dice que se preguntaron adónde había ido Erik? Luego cambió su número de teléfono y no ha sabido de él desde el último atraco. Erik no había tenido contacto con estos tipos en más de seis meses.

El cliente comenzó a explicar entre las líneas que no podía acabar con esta clientela. Ahora Erik comenzó a darse cuenta de que se enfrentaban a un enfrentamiento en el inframundo. Erik había tomado su decisión en cuanto a a quién pertenecería, pero el cliente no estaba en absoluto en esa línea. Erik le dijo que había cumplido su compromiso con ellos con buenos resultados. Erik también entendió ahora que el resultado en el que tuvo éxito, significaba que no querían liberarlo, ya que Erik era una buena fuente de ingresos para ellos. De una manera amistosa, con un desenlace fatal en la respuesta equivocada.

El cliente se preguntó si Erik recordaba que preguntó por quién Erik estaba haciendo el trato?

Sí. Por, supuesto que recuerdo que Erik
respondió.

Explicó que eran básicamente un industrial ruso
que sostenía las cuerdas y que ahora estaba
enojado y decepcionado de que Erik acaba de
presentar. Le gustaría ver a Erik en breve, si
pudiera imaginarlo.

El cliente pensó que la respuesta de Erik era
extremadamente estúpida, ya que no querría
atrapar a este ruso después de él, pero sabía
que tenía refuerzos del club, pero al mismo
tiempo no tenías que meter al club en
problemas, ni a ningún hermano individual por
ello. Erik sabía que podía recurrir a Jonte si tenía
problemas, o se preguntaba sobre algo, cuando
Jonteestaba, a cargo de Erik en este momento,,
punto.

Cuando Erik conoció a Jonte, Erik le preguntó
cómo resolver esto. Jonte dijo que sabía que Erik
había trabajado con clientes rusos antes de que
se interesara en él. También dice que Erik debe
de una vez por todas establecerse con ellos,
porque de lo contrario nunca obtendrá paz y
tranquilidad. Bien! Fue un poco difícil. En qué
estaba pensando Jonte?

Haría Erik solo y haría un trato con un hombre
de negocios ruso y su guardia?!

Entonces Jonte me dice que decida la hora y el lugar con los rusos lo antes posible. Tenías tu corazón en la garganta! Erik todavía no sabía si se reuniría con ellos él mismo o si tenía un respaldo de la Organización. Jonte consultaba con la Organización para ver si podían notificar a nuestros enemigos de la otra banda de motociclistas que estaban atravesando su territorio. Que los clubes se notificaran entre sí era para que no fuera percibido como un acto de guerra. Un intento en el que los clubes habían acordado, para evitar conflictosel mayor tiempo posible, aunque hubo guerra entre los clubes.

Erik se apoderó del cliente y decidió la hora y el lugar. Eligió un restaurante junto a la carretera en la E4, así que era un lugar público, así que tal vez podría evitar los disparos. Jonte sale al patio del club después de 10 minutos y dice que va con Erik y lo libera de este hombre de negocios ruso. Jonte dijo que conducía su bicicleta, y que Erik tomaría el auto y conduciría delante. Trajeron dos pistolas de muñeca como respaldo si hubieran establecidoalguna trampa. Esta sería la primera vez que Erik salió con un miembro de pleno derecho de negocios. No creo que el, adrenalina nunca bombeó como lo hizo ahora.

Cuando llegaron, llegaron casi una hora antes.

Jonte quería que fueran al restaurante de la carretera y comieran un poco. Comer? Erik dijo. No podría bajar una migaja de pan si algo me lo metía en la garganta. Estaba honestamentemuy, nervioso. Aunque tenía su entrenamiento, y un miembro de pleno derecho con él, que posiblemente frente a un enfrentamiento en el inframundo no era algo que fuiste,, y pensó que era genial de alguna manera. A Erik le encantaría volver a casa.

Jonte entró en el restaurante de la carretera y pidió comida, y luego fue y se sentó en una de las mesas, qué calma en cualquier momento. Allí entraron en un restaurante junto a la carretera armados y comían justo antes del trato. Erik sólo tomó un vaso de agua, que fue lo suficientemente difícil de derribar. Jonte vio que Erik estaba cargado y nervioso.

Jonte estaba acostumbrado a este tipo de trato, y dijo que no habría un problema tan grande, sino que él dirigiría las negociaciones, y Erik sólo necesitaba ser afilado si se iba con armas o similares.

Particular! Pensé que Erik. Sólo sé afilado, fácil cuando fuera como un batido vivo. Bueno, por supuesto que lo soy, respondió Jonte.

Le dijo a Erik que se preparara después de comió. Lo que quería decir era que Erik haría un movimiento de mantodiscreto, así que Erik tenía un cartucho en la carrera y asegurar su arma. Dicho y listo! Empezaron a salir del restaurante junto a la carretera. Cuando salieron, había un automóvil más fino, muy, por el estacionamiento, y un número,, de personas fuera del automóvil.

Ahí están! Jonte dijo.

Ahora Erik estaba cargado.

Vamos a ellos, dijo Jonte, y empezaron a caminar. También empezaron a mudarse, pero aún no sabían si era estas personas que iban a conocer, pero probablemente fueron ellos.

Ahora se habían acercado tanto que Erik vio al cliente, y le dice a Jonte que son ellos, y que Erik ahora podía ver al cliente. bien. Jonte dice.

Ahora se pararon uno frente al otro y fueron recibidos cuidando. El cliente dijo que querían llegar a un acuerdo. Jonte preguntó dónde estaba para el acuerdo? Necesitamos los servicios de ese hombre una última vez, para un trabajo de computadora. Señaló a Erik. Jonte respondió que no se considera y les dijo que se retiraran cuando Erik perteneciera ahora a esta Organización.

El cliente dijo que podría significar grandes pérdidas para su Organización si no se les permitiera usar Erik una última vez para un trabajo. Jonte preguntó si el cliente los amenazó.

No! Dijo el cliente, sólo digo lo que va a pasar si no llegamos a usar Erik de nuevo una última vez.

Discúlpate, dijo Jonte al cliente.

El cliente sonríe un poco. Una sonrisa que hizo que Jonte explotara.

Mierda Erik pensó, ahora slams, ahora se slams, que tenía un verdadero subidón de adrenalina ahora, y sólo esperaba que no tendría que tirar de su arma. Entonces probablemente en un arma dibujada sólo fue capaz de golpear las nubes.

Jonte toma su mano derecha a sus espaldas, donde tenía su arma y le dice al cliente una última vez que se disculpe. El cliente entiende que ya no negociamos diplomáticamente. La copia de seguridad del cliente se extiende a los lados, ahora Erik toma un tiempo alrededor de su arma, pero no tira de ella, espera. Estancamiento era lo que tenían ahora, alguien saliendo de su auto. Un hombre con un abrigo largo y brillante. Una persona muy bien cuidada. Erik entendió que esa persona era el hombre de negocios ruso.

Entonces Erik se dio cuenta de que el agente McGill y su fuerza estaban en la escena, era un coche que parecía espuma y demostrablemente era un coche explorador. Ahora probablemente el agente McGill habría hablado con Henke, porque cómo diablos podrían estos dos idiotas corruptos estar en el mismo lugar de otra manera.

Ahora había una reunión de poder llamada lo suficientemente bueno.

El agente McGill claramente quería mostrar su fuerza,y, también, puso a su Erik y sus amigos en la cárcel, entonces Henke había tenido todo el trabajo servido en un plato de plata.

Pero eso no es lo que Erik estaba pensando.

Mantuvo a estas personas alejadas al mostrar que ERIK NO ESTABA NAKED (CON UN GUN) Así que no llegaron corriendo entonces, y fue sólo un coche que apareció. Erik y Jonte se centraron más en el hombre de negocios.

Resultó que Erik estaba equivocado. Era la mano derecha del hombre de negocios ruso. El cliente empezó a hablar ruso con la persona. Las habilidades del idioma ruso de Erik no eran buenas en esta ocasión, pero tanto entendió que no era positiva. Erik vio en el cliente que fue presionado por el hombre que recientemente se bajó del coche, y que comenzó a hablar con firmeza y de una manera más aguda. El cliente se vuelve contra Jonte y dice que su cliente no quiere dejar ir a Erik sin alguna,, tipo de compensación. Jonte le dice al cliente que una bala en la cabeza que podría ofrecerle si no se retrocede, y que el cliente se disculpa. Mientras Jonte dice que va uno de sus hombres detrás de su coche y hace un movimiento de manto. Tanto él como Erik sacan sus armas, pero las sostienen con el cañón hasta el suelo para que el público no vea.

El hombre que era la mano derecha del cliente ruso dice unas pocas palabras en ruso. Lo que lleva al cliente a decir que está bien. Dejamos que el extraño seapar, dice el cliente. Jonte acaba de cambiar de opinión de ser una persona totalmente capaz de disparar a esta gente, a llenar su arma y parecer feliz.

Erik no estaba contento. No sabe lo que era, pero al menos no era feliz.

Todo termina con el cliente disculpándose y presentando los deseos de su cliente para una vezmás, obtener ayuda de Erik, pero que me pagarían tanto a mí como al club. No era algo que Erik quisiera hacer.

Lo que Jonte sabía más que bien. Dijo que nuestros tratos terminan aquí y ahora. Lo que hizo que el cliente y los otros dolientes de ese pelotón saltaran al auto y se alejaran del estacionamiento. Jonte dice que se retiran al club, pero justo cuando estaban conduciendo desde el estacionamiento, él es el visor pita primero y poco despuésde que Erik pita.

Es el número de teléfono de la Organización, lo que significa que acudrá inmediatamente a la Organización. Erik no pudo ir, porque probablemente fue Henke quien convocó a todos, y Jonte de pocas personas mantuvo a Erik a sus espaldas.

Cómo diablos es eso? Jonte le dijo. Erik antes de conducir.

Bien. Tenemos un chirrido, y ese es el líder.

Qué diablos estás diciendo? Dijo Jonte.

Sí, lo hemos hecho, dijo Erik, pero nosocuparemos de ello más tarde. Ahora ve a la Organización y finge que no pasó nada.

Jonte parecía completamente confundido,, pero sabía al mismo tiempo que Erik no lo diría si no fuera así. Aparentemente,, algo había pasado, pero qué era? Se preguntó si fue la policía la que volvió a atacar, y que no había sido advertido por esos agentes de policía, que siempre informaron mucho antes de una redada. Jonte acudió inmediatamente a la Organización para escuchar o ver lo que había sucedido. Cuando entró en la granja, algunos miembros de pleno derecho vinieron a hablar con él..

Henke comenzó diciendo que tienen un miembro que mató a Anton, y es Erik quien lo hizo desafortunadamente. Jonte acaba de mirar a Henke y le pidió que se detuviera porque podía aceptar a Erik, nunca mataría a un miembro.

No, Henke dijo, no lo pensé al principio, pero ahora está probado,, y se ha establecido. El agente McGill lo está buscando por asesinato.

Henke, sabes loquedices? Usted estáhablando de una persona que ha estado en la Organización durante mucho tiempo. Te toma en serio que Erik lo hubiera hecho? Oye, Henke, necesito ver esto,, así que ya sabes. Jonte dice.

Sí, hazlo. Henke dijo.

Capítulo 22

Resultó ser un miembro de la prueba que se había ido y tatuado un símbolo que sólo puede tener si tiene el consentimiento de la organización, y un requisito previo era que usted era un miembro de pleno derecho que él no era. Pero en el mundo criminal y especialmente en la Organización, los tatuajes son de gran importancia. Los tatuajes hablaban muchos idiomas, y cada símbolo representaba lo que uno era digno, y había sufrido. Una explicación muysimplista de la importancia del tatuaje.

Jonte estaba bastante alto y fue por esa razón que lo llamaron cuando los miembros de pleno derecho queríanconsultar, él sobre cómo resolver el tatuaje no autorizado de esta persona.

Todos estuvieron de acuerdo en que debería ser removido. La razón por la que nadie lo había visto fue porque el tipo tenía un brazalete de cuero ancho en la muñeca, precisamente para ocultar el tatuaje.

Este club era dueño de la mayor parte de ese estudio de tatuajes en particular, y se había enterado a través de la sala de tatuajes que el tipo había solicitado que se tatuaron en este símbolo, pero también el tatuador había hecho mal, tatuando el símbolo cuando supo que el tipo no era un miembro de pleno derecho. El tatuaje sería eliminado a toda costa. El tipo salió al garaje y se inició la amoladora angular con la rueda de molienda puesta. El tipo entró en pánico, pero sabía que esta solución era mejor castigo que lo que de otra manera podría obtener. El molinillo angular acaba de arrancar la piel, por lo que voló pedazos de piel y salpicaduras de sangre en las paredes del garaje. Se podía ver cómo la sangre que golpeó las paredes fue succionada en la placa de yeso cuando golpeaban la pared de yeso. Nadie reaccionó.

Todos pensaban que era correcto hacer eso. Había usado un tatuaje que no se le permitía usar, y ahora tenía que aceptar su castigo. El tipo consiguió ayuda para limpiar la herida y volver a conectarla, porque el tipo quería continuar su entrenamiento.

El tatuador estaba un poco asustado ahora, cuando supo lo que el tipo estaba pasando,y el artista recibió una verdadera advertencia sobre lo que le pasaría si cometió ese error.

La organización comenzó a sospechar que los agentes que le dieron a Erik información sobre la represión, fueron duramente golpeados, ya que no habían informado a Erik durante mucho tiempo.

Erik lo tomó a salvo antes de lo incierto y movió la armería. Erik comenzó a ocultar armas de conocidos que eran blancos como la nieve y no estaban en el historial criminal. Al ocultar grandes arsenales de armas de personas comunes y corrientes que tenían vínculos con alguien de la Organización, la policía no podía acceder a las armas. Era casi improbable que el fiscal solicitara una orden de registro a una persona impune y sin pruebas. El mismo Erik no podía tener existencias de armas importantes en casa. Cuando la policía a menudo activa las direcciones de Erik. Todos los trucos fueron usados durante la guerra. Estaba muy apretado. No tenían información desde hace varias semanas de la policía. No podían arriesgarse porque podría significar que perdieron toda la armería. Hubiera sido un desastre.

Al mismo tiempo, entrenabany, también mantenían el orden en el mercado y en todos los territorios, por lo que ningún protruding club sobresaliente trató de reclamar la cuota de mercado del club. Todos los clubes que intentaban entrar en el mercado tenían dos opciones, o los socios estaban a la altura y podían dirigir su club como un sub-club de ellos, y donde tenían que usar su colorde club o liquidación. La mayoría de los clubes que se presentaban, por lo general desaparecieron al disolverse cuando se les dijo que en la Organización estaban de camino a su club. También había nuevos clubes que querían poner a prueba su capacidad y dónde las cosas se volvían locas.

Sucedió al final de la libertad condicional de Erik, donde saldrían a un club recién iniciado, para asegurarse de que desaparecieran de una vez por todas. Tenían un autobús oxidado, en el que fueron cinco personas las que se subieron. Alguien tenía "puffers" con ellos en caso de que tuvieran armas de fuego! Cuando llegaron a una encrucijada, un coche de policía se desliza hacia un lado de ellos. Se fueron en cuanto se puso verde. Condujimos sin su lugar de reunión.

Erik sabía que la realidad se basa en muchos otros factores, eventos y donde uno está en un estadomás, o menos lavado de cerebro. Erik hizo muchos actos indefendibles, y cuanto más se desarrolló la guerra, más recursos se desplegaron contra el crimen organizado, la organización tenía unpresupuesto bastanteamplio. SAPO comenzó marcando a los miembros para que psicológicamente nos rompieran. Estaban fuera de la puerta del club, donde hicieron todo lo posible con varias provocaciones. Podría ser, por ejemplo, que nos escupieron, o contra las bicicletas y los coches que se dirigían al patio del club. Echaron palabras verbalmente feas, todo para conseguir que los miembros de la Organización saltaran sobre la policía para que pudieran arrestarlos por violencia contra los oficiales. Cuando salieron de las bicicletas se pararon y tenían controles de tráfico, donde tenían inspecciones de vuelo en las bicicletas. Podrían patear un parpadeo en la moto,, por lo que se inclinó, o incluso se rompió. Luego obtuvieron una multa por lo que se revisó por lo que estaban sobrios y en general hablaban mierda sobre ellos en el club a las personas que estaban asociadas con el control de vehículos so suficiente había el Departamento de Policía tomado una cantidad mayor delos contribuyentes que pagaron esta fiesta y donde la policía violó la ley para conseguir que violan la ley. Un plato limpio..

La policía de pie fuera de las puertas a menudo tenía una capucha sobre su rostro, de modo que lo duro que realmente fueron, puede ser discutido. Los oficiales que advirtieron al club habían dado la impresión de que habría una

gran represión en el patio del club, pero no fue
la policía local la que atacaría, por lo que no
sabían cuándo ocurriría.

Estabanbastante, tranquilos pero seguros,
estaba tenso cuando llegó el S.W.A.T.
Probablemente había alguna razón por la que
los colegas de S.W.A.T los llamaban el grupo
suicida. Estos policías de estaca estaban tan
locos como los del club. Asíque, cuando hubo
una represión con estos policías, nunca supiste
lo que podía pasar. El club decidió recos para los
negocios, la recuperación, y otras actividades
ilegales durante dos o tres días hasta que vieron
si había una represión o no. Tendrían una fiesta
más grande mientras tanto, y donde habría dos
strippers profesionales para alegrar el día para
ellos. Pero la preparación sigue siendo al más
alto nivel, lo que significa que no se permite a
todos los miembros participar en este partido.
Adivina si hubiera protestas de esos miembros
que tendrían el guardia esa noche. Oh sí, síconfía
en él.

Sería buena comida, pero en realidad no tenían
a alguien que pudiera llamarse a sí mismos un
chef, así que era ensalada de patata y carne.
Estaban con mesas largas, platos de papel y
cubiertos de plástico. Todo el mundo esperaba

con ansias esta fiesta. Fueron las strippers las que tiraron y crear un antojo de fiesta. Sólo habían oído hablar de una de estas strippers. Ella había sidomuy buena en su trabajo.

Acababan de empezar a comer un poco cuando el primer espectáculo estaba a punto de comenzar. Todos dejaron de comer para ver si eran buenos desnudándose. Erik puede dar fe de que lo eran. Era una chica muyhermosa y su espectáculo era francamente grotesco.

Básicamente puso toda su mano en la parte inferior del abdomen. Fue francamente repugnante de hecho, y nadie estaba exactamente hambriento de ensalada de patata después de esa actuación. Algunos incluso tiraron su comida. Ella era un poco demasiado rudo en su práctica cuando se trataba de desnudarse. Cuando incluso los que estaban en el club no pensaban que era agradable, entonces sólo se puede pensar lo que la gente común pensaría. La fiesta fuemuy, buena, con muchos elementos divertidos. Tenían una fiesta humana, a pesar de que la preparación estaba al más alto nivel, podían pasar un buen rato. Se sentía como las horas que duró la fiesta, lo que te hizo secar.

Temprano a la mañana siguiente, la fuerza S.W.A.T de la policía golpeó con fuerza. Se despertaron con una motosierra corriendo, y se oyó que estaba aserrando algo. Resultaría que laautoridad policial del condado de Skane había alistado la ayuda de sus colegas en la fuerza S.W.A.T de Gothenburg, y ahora fueron ellos quienes hicieron la redada. Los colegas habían conducido hastael condado de Skane porque la Fiscalía y la Autoridad de Policía se habían enteradode que la policía del condado de Skane estaba filtrando.

La fiscalía estaba cansada de toda la represión fallida que le costó caro al estado económicamente. No sólo porque tuvieron que reemplazar al club por los partidos que fueron arruinados por la represión, sino también porque los oficiales de policía que tenían su paga. Donde el fiscal tuvo que estar de pie con una decisión sobre una redada, pero sin resultados, que no se veía bien en la reputación del fiscal. Allí la represión fue sólo un costo caro. Incluso esta vez fuemás, o menos un fracaso, ya que sólo encontraron pequeñas cosas como nudillos y piezas de motocicleta robadas, a las que no podían atar a nadie.

Todo el incidente fue que un equipo de policías violó un agujero en el avión que rodeaba a la

Organización, y fue esa motosierra la que despertó a todo el club. Entonces un equipo de policías en un elevador se enfrenta a uno de los dos tejas de la casa club. Dos policías de pie en el elevador del cielo llevaban sus cascos de combate y el arma automática como arma de servicio. Algunos miembros estaban bonitos,, borrachos después de la fiesta de ayer y se preguntaban dónde estaba sucediendo. La policía lanzó granadas de humo y granadas de distracción. Se fue como el infierno. Fue el resplandor de la luz en la peor Víspera de Año Nuevo.

Esta vez fue pura guerra dentro del patio del club. Dondequiera que mirabas, había policías, eran disciplinados, más de lo que solían ser. Entran por la puerta como soldados de élite, donde el más mínimo movimiento rápido desencadenaría un tiroteo. Los de la policía, estaban tensos y los del club no estaban menos activos. La policía estaba muy preocupada de que empezaran a disparar algunas armas, pero no había armas allí. No más que nudillos y bates de béisbol. No hay contra-arma directa contra la suya. Lo mejor que podían hacer en el club era dejarlos encerrarlos una vez más en los garajes para que pudieran registrar el patio del club. Se estaba haciendo rutina tener a la policía en tu trasero. Que no se resistirían era un hecho ya

que el fiscal había aplaudido y había sido capaz
de encerrarlas. Grandes partes de la tabla
estaban corrompidas, y no era nada que la
policía tuvo que pagar, cuando en parte lograron
encontrar el robo..

Vecinos de la casa club pensaron que la policía
exagerado varias veces. Había fuertes flequillo
llamados lo suficientemente bueno de las
granadas de distracción, tan fuerte que los
vecinos se pusieron de pie en sus propias camas
como bomberos. Eran familias con niños, y
sufrieron cuando la policía allanó. La policía y los
periodistas tendían a encubrir su fracaso y los
periodistas sólo escribieron sobre la eficacia de
la eficacia del departamento de crimen de
organized, en su trabajo para trazar y eliminar
las redes criminales. La imagen mediática del
trabajo de la policía con gran éxito fue levantada
a los cielos por los periodistas comprados que la
policía controlaba prometiendo a estos
periodistas buenas historias,´scuando otras
cosas sucedieron en la comunidad. El
departamento de policía quería así dar al público
una falsa sensación de seguridad de que las
autoridades tenían el control total de las bandas
de los motociclistas. Cuando la verdad es que los
contribuyentes tienen y todavía tienen. Para

pagar los esfuerzos fallidos de la policía. Cuando parte de los ingresos de los contribuyentes también tenían que ayudar a sobornar a los periodistas, lo que daría a la sociedad una imagen modificada de la sociedad jurídica efectiva. Si la policía hubiera sido tan eficaz como se ha puesto de relieve, no muchos criminales estarían fuera de las prisiones, e incluso menos bandas de motociclistas, pero desafortunadamente la sociedad trabaja de esta manera. Los políticos deben hacer contribuciones al Departamento de Policía, pero que nadie ha entendido el juego de ping pong que está pasando entre la policía y los políticos. Porque si la policía va a conseguir más dinero, tienen. Para demostrar que hay una necesidad. Los políticos deben ver éxitos en las sumas reservadas para elcrimen organized, pero no hay éxitos, y no hay evidencia de la realidad de que habría alguna reducción en los organizations relacionados con MC, todo lo contrario. Los clubes de motociclismo se están expandiendo mucho por el día. Hay sub-clubs para las grandes pandillas y las grandes pandillas se inician en nuevos mercados.

Actualmente hay libros en el mercado que hacen la pregunta de por qué cada vez más bandas

criminales de motociclismo están apareciendo
en este momento. La verdad no es tan
sofisticada como se podría pensar.

Las exigencias básicas de la vida de una persona
que anda en bicicleta eran fraternidad, ser libre,
fuera de la ley, cuidar de sí mismos y el negocio
que emprendieron. Nadie quería liberar su cuota
de mercado a otras organizaciones. La fuerza
motriz de la guerra será dinero en efectivo,
dinero. No tienes que explicarlo más difícil, pero
resolverlo fue mucho más difícil.

Cuando dos organizaciones pelean por el mismo
pastel, habrá peleas, al igual que en la vida
ordinaria, nada extraño en él. Donde los
ciudadanos comunes siguen el libro de estatutos
y tienen barreras humanas. Estas barreras sólo
pueden ser borradas por una vida dura.

La organización tuvo que crear ingresos seguros
para los gastos fijos y Erik lo sabía.

Las organizaciones inicialmente tenían grandes
ingresos de drogas, cobro de deudas,
adquisición de estudios de tatuajes. Este paso
también se llamó la primera Libra. La palabra
LIBRA se convertiría en la palabra que describe
los acontecimientos criminales al público. La
segunda ola consistía en el patrocinio de
restaurantes y otras empresas, donde estas

empresas tenían pocas opciones en cuanto asi, o no necesitaban esta protección. Tendrían esta protección. De lo contrario, su empresa podría desaparecer en el signo de las llamas, y el propietario del restaurante podría despertarse en mas (Hospital General de Malmá). Esto fue un chantaje puro de alto nivel. Protección forzada que se pagaría por porcentaje del volumen de negocios anual de una empresa de este tipo. La segunda ola también consistía en muchos otros elementos, como la prostitución y el contrabando de personas. Erik hizo todo lo posible para noquear estas partes porque sabía que se estaba volviendo doloroso. Noqueó todas las direcciones de correo electrónico. Erik fue capaz de tomar el control de estos por completo y como una copia que podía leer sin que nadie se dio cuenta.

Capítulo 23

La gente común pensaba que los miembros de pleno derecho eran los peores, pero era exactamente lo contrario, y Erik optó por golpear duro contra ellos, cuando los miembros de pleno derecho no querían sus manos innecesariamente uns dije, los perros tenían que hacer la mierda,, télenérgico perros que querían entrar en las organizaciones. Querían demostrar que eran buenos y muchas veces su ansias se utilizaba para convertirse en miembro de pleno derecho. Los pensamientos fueron a la época en que Erik estaba siendo entrenado para convertirse en Point Man, y lo que se requería de la persona, que quería levantarse.

Muchos estabanmuy, decepcionados, ya que estaban siendo explotados al máximo. Las autoridades hicieron todo lo posible para entrar en la Organización a través de operaciones encubiertas. Donde los agentes de policía intentaron infiltrarse, lo que realmente lograron hacer en la otra banda, con la que estábamos en guerra, que la policía entró allí se debió a su forma de reclutar nuevos miembros. Al plantar agentes de policía en la Organización, intentarían predecir el siguiente paso en la ola criminal. Pero las autoridades no pueden predecir la tercera oleada, y fue a través de estos intentos desesperados que daríana las autoridades unaventaja, para atacar antes de que la Organización golpeara el sistema jurídico de la sociedad. Erik sabía con seguridad que era imposible protegerse de la tercera oleada. No hay absolutamente ninguna protección contra ella.

Porque las autoridades se centraron en aprehender a los matones en varias organizaciones criminales y perdieron por completo la noción de lo querealmente se trataba. La organización confundió a las autoridades al atraer su atención a las áreas equivocadas de establecimiento, por lo que la gran caja de ahorros podría llenarse vigorosamente. A través del gran capital de la Organización en varios bancos en el extranjero, la primera fase de la tercera ola podría comenzar a tomar su forma en la vida de Erik.

La organización comenzó a hacerse cargo de diferentes empresas de una manera completamente legal, y Erik también lo hizo en su venganza, porque hizo exactamente lo que la Organización hizo antes, aunque ahora es Erik quien es el propietario de las empresas.

Comprando acciones corporativas. Algunas empresas venderían el 51 porciento, por lo que la organización obtuvo la mayoría,, de las acciones, y así fue capaz de dirigir la empresa en la dirección que Erik quería. Las empresas que se negaron, se volvieron fáciles de persuadir, porque sólo querían paz y tranquilidad. La organización siempre calculó con una cierta pérdida, tanto de dinero como de miembros. Era el precio del éxito, un precio que ni siquiera una Organización podía evitar. Las pérdidas que a menudo golpean a una organización.fue que alguien fue a la cárcel, y Erik no quería volver a hacer eso. Una pérdida aceptable cuando las compañías estaban en los terrenos del club, pero no en Erik.

La organización siempre pagaba el precio completo por las acciones, por lo que en ese momento no era ilegal, pero justo cuando la Organización quería conseguirles el 51 porciento, que daba una posición de liderazgo en las empresas, por lo general era bastante desordenado, y con muchas amenazas y violencia ilegales. Si la Organización hubiera tomado una decisión, entonces sería así, de una manera u otra. La empresa estaba entrando en la Organización, así como en las redes, y fue precisamente allí que Erik utilizó su conocimiento del conocimiento del mundo. Erik entonces inicialmente tomó el 51 porciento, de todas las acciones de Organizations, lo que hizo que el functionless. Ahora no tenían la propiedad de la organización directamente sobre las empresas, pensó Erik.

El segundo paso que Erik dio fue vaciar efectivo en todas las cuentas con la Organización, y eso fue probablemente lo que causó que Henke reaccionara.

Jonte de la Organización llamó al teléfono de Erik, pero Erik entendió lo que quería, así que no respondió.

Erik trabajó relativamente rápido, pero la organización ahora trató de cubrir todas las pérdidas que Erik hizo con su venganza. La organización no fue la única para la que Erik tenía estos planes, y la adquisición de varias empresas se convirtió en software puro que valía oro en un doble sentido. Al obtener el dinero de las empresas, Erik pudo usarlos para el establecimiento y el desarrollo, pero también para recolectar artículos ilegales, como licores, drogas y armas. Muy a menudo las empresas tomadas tenían unamuy, buena reputación que hizo mucho más fácil conseguir los bienes ilegales en! Los empresarios ciertamente no querían estar conectados,, con organizaciones aún menos querían que las aduanas y la policía para descubrir su complicidad en la delincuencia.

La agente McGill ayudó con este incidente sin saber lo que había hecho. El agente McGill había recibido una llamada de un Departamento de Policía que recibieron una información anónima de una persona que dijo que había mucho equipo en una dirección, y que tipster quería que SAPO lo revisara, es decir, el Agente McGill.

Qué?! McGill dijo. Por qué el tipster quería que echara un vistazo a este asunto que nadie entendía,, pero pronto entendería esa charla, el propio Erik había dejado una propina anónima y quería que el agente McGill revisara el informe ella misma,, extraña? Dijo la agente McGill, y se preguntó por qué alguien quería que lo comprobara, pero ella no hizo un gran trato con él, incluso si ella tenía sus preocupaciones.

El agente McGill se fue y llamó al niño Goblin para disipar sus pensamientos, pero se convirtió en una llamada conversación de madre e hija, que era sobre ropa y otras cosas totalmente poco importantes. Ambos colgaron el teléfono, y el agente McGill tuvo que pensar en lo que el tipster realmente quería, porque el niño Goblin le había dicho nada a su madre, y era extraño, o ella no sabía nada.

Henke le había dicho a Jim OneBone que borrara todos los discos duros y servidores, por lo que no salió en las manos equivocadas si SAPO o la policía tenían sus manos hambrientas de ganancias sobre ellos.

Todo lo que Henke le había dicho a Jim OneBone sentía que la organización estaba limpiando todas las pruebas para que Erik no se apoderara de ellos.

Bob le había dicho a Henke que será una especie de lo que pocos entenderán en la Organización.

"Sí, me temo que sí", dijo Henke.

La limpieza continuó mientras Erik continuaba con su venganza. Todo fue cuidadosamente planeado por parte de la Organización. Erik fue una pieza del rompecabezas en el trabajo organizado. Poder aprovechar estos emprendedores, creó oportunidades increíbles a nivel internacional. Donde los otros miembros de la organización en otros países, podrían enviar más fácilmente equipos importantes. Nadie podría haber imaginado que una compañía de renombre estaba impulsando los envíos de armas. Erik sabía que era la realidad.

No La realidad de Erik que pasó el ciudadano común se eludió.

Muchos de los líderes empresariales que habían sido comprados por el club, tenían que vivir una doble vida con sus propias familias, donde se les permitía mantener el color y ya no tenían el control de su propia compañía. Un terrible destino para estas personas, donde sólo podían hacer un informe policial, pero entonces sus vidas serían, ya seamuy, cortas, o convertirse en una vida que haría que el Infierno fuera percibido como un cielo puro. Muy pocas personas reportan una Organización a la policía, y Erik lo sabía.

Erik, por supuesto, vio esta acción como una escalada muyseria de la amenaza, y no llegaron tarde a poner en marcha contramedidas. Erik quería hacer todo el edificio en, pedazos, así que entró en el local a hacer una bomba. Toda su mochila estaba llena de cosas. Erik necesitaba pólvora, que más apropiadamente es taken de petardos, clavos, vidrio, nueces, sí todo lo que es angular y afilado, enchufe en metal, diam. Metal enchufe, con un pequeño agujero en el medio. Soldar iba a tener una explosión máxima en su bomba. Erik entonces toma el tubo y une el tapón de metal sin agujeros en el medio en un extremo, Erik soldado porque tenía acceso a una soldadura. Erik llena la tubería con pólvora y objetos afilados hasta que está casi lleno, y justo en ese momento oyó un coche que venía, lo que interfirió con su tiempo en la bomba. Erik vio en la esquina de su ojo que un coche se dirigía hacia él a alta velocidad. La organización comienza a disparar armas automáticas contra Erik.

SAPO estaba ahora loco después de los perpetradores, que dispararon con armas automáticas. Esmuy, grave llevar a cabo una operación de este tipo, y afortunadamente, nadie resultó herido. Dijo, Agente McGill, pero podría haber tenido consecuencias devastadoras si los disparos golpearon a alguien. No es algo en lo que la Organización estaba pensando en ese entonces.

Todos los involucrados en la Organización eran incluso entrobas, cuando se dieron cuenta de que alguien había estado en las instalaciones. Resultó demuchas, diferentes maneras. La organización se volvió introvertida y trataron a todos más,, o menos como el peor enemigo, lo que les hizo ver todo en negro. Al día siguiente del tiroteo, colocaron una granada de mano bajo

el capó de uno de los coches de Erik. Deben
haber estado muy estresados cuando montaron
la granada de mano. Parecían estresados porque
no volvieron a bajar todo el sombrero, lo que
probablemente fue una planificación
estratégica, pensó Erik. Luego habían puesto un
cable en el propio anillo, lo que hace posible
sacar el pasador con. Por lo tanto, su intención
era que Erik levantaría,, el capó y luego el
alambre de acero sacaría el pasador y la granada
de mano explotaría. Podría funcionar si no
pusieron un cable demasiado largo. Pensé que
Erik. Esta granada de mano podría ser
fácilmente removida y asegurada por Erik. Esto
fue sólo el comienzo de la escalada de una
guerra muy cruel y larga entre Erik y la
Organización.

Todas estas granadas de mano plantadas y otros
artefactos explosivos ejercen mucha presión
sobre SAPO.

Ahora Erik golpeó de nuevo con el casco y el
pelo. Por la noche Erik se quedó fuera de las
instalaciones de la Organización para hacer
estallar el con la bomba que construyó.

Erik desarrolló una parte mecánica en su propio cuerpo mentalmente entre sí el día que pasó. Mientras que este estado mental enfermo se desarrolló en él como una persona, tuvo dos hijos para cuidar de cada otro fin de semana. La madre se dio cuenta de que Erik estaba en un hielo extremadamente delgado y comenzó atomar, acción contra Erik. Empezó por querer la custodia de su hijo común, y se convirtió en otro acto puro de guerra. Aunque era lo mejor que había hecho, Erik no podía aceptar esta humillación por su vida. No podía ver los mejores intereses de sus propios hijos. Los niños también eran suyos, pero él no vio sus propios pasos tentativos enfermos en el golpe inferior del crimen. Se sentía como si estuviera a una frecuencia que se trataba de arruinar, aplastar, y liquidar. Ninguna emoción normal podía penetrar a pesar de que estaba en el fondo, más que saber que no era como persona. Erik estaba controlado por un mando a distancia, que era controlado centralmente desde el centro maligno de la organización, mientras que sentía un inmenso poder y sensación de anarquía. Las emociones son probablemente lo más difícil que puede describir de una manera creíble, pero estas palabras anteriores están lo más cerca que puede llegar al registro emocional que Erik tenía en ese momento.

Capítulo 24

La madre llamó!

Erik finalmente se dio cuenta de que lo mejor para los niños era que la madre tenía la custodia y firmó los papeles que su representante legal había compilado. Erik había comenzado en ese momento a darse cuenta de lo equivocado que estaba en él, pero por su firma hizo algo bueno durante este tiempo sombrío, y nosotros al menos podríamos estar en la misma habitación sin ningún conflicto importante. Darse cuenta de que estás haciendo mal es una cosa, hacer algo al respecto es otra cosa. Algo que sólo unas horas después de la firma se había ido, y donde Erik como persona sentía que los pensamientos eran sólo una locura temporal.

Rápidamente, Erik volvió a la pista de nuevo, y completamente activo en el pequeño mundo criminal en el que vivía, y él estaba, como todos los demás en la Organización, decidido a que iba a sacar a sus enemigos. Habían realized la escala de la tercera ola y que había muchas ventajas, pero no menos importante grandes activos líquidos que podrían ser gestionados fácilmente por aquellos que los tomaron primero. El siguiente movimiento fue lanzar una serie de granadas de mano dentro de su tablón, donde la esperanza sería que esta Organización desaparecería de la zona por puro temor, cuando una lluvia con granadas de mano puede hacer que cualquiera pueda fácilmente en las plantas de sus pies, y rápido. El plan era entrar detrás de la Organización, donde en la parte trasera de su granja había un pequeño arroyo. Estaba en el borde de la primavera y bastante frío incluso por las noches. Pasaron sólo unos metros antes de que Erik estuviera tan lejos, que podía lanzar las granadas de mano, y después de que se fueron, el plan era ir a su cuartel general y montar algunos artefactos explosivos para que todo el edificio se convirtiera en chips. Esta fue la idea, pero algunos miembros de la Organización aparecieron en la parte de atrás cuando orinaban y veían a Erik.

Ahora eran fuegos artificiales. Todos ellos vaciaron sus cargadores disparando un fuego. Estaba tan jodido. Erik era completamente duro, de oír, y se tiró al suelo por un reflejo, y eso garantizaba hacer que todos en la escena fueran completamente hiperactivos.

Erik sintió que tenía una sobredosis de adrenalina. Erik sólo sintió el dedo en el gatillo, y sólo apretó y presionó hasta que los cartuchos se agotaron. Erik básicamente nooyó, el sonido de las armas, aunque eran niveles de sonido que podían despertar a los muertos sin problemas. Nadie estaba preparado para este desarrollo. Erik tuvo que retirarse cuando sus enemigos eran unos 36 hombres dentro del club. Erik habría sido masacrado si hubiera estado atrapado allí. Se escondió en el arroyo que estaba balbuceado, y no había nada más que agua fría en él.

La espera de Erik fue planeada por unas horas, pero pronto resultaría ser casi dos días. Después de casi dos días completos, el hermano de Sam vino y rescató a Erik, y lo recogió. No es que fuera invierno, pero lo suficientemente frío como para enfermarse. Erik apenas estaba consciente, y completamente frío por el agua fría. El hermano de Sam lo había recogido y lo había llevado a su casa. Erik estaba, en gran necesidad de atención y tuvo que ser llevado al hospital más cercano cuando había contraído una neumonía de doble cara y tenía una fiebre alta debido a esto, pero volvió después de unos días de nuevo.

Erik estaba tan cansado que casi veía estrellas, pero tenía que seguir adelante. El estado de ánimo de Erik era como un electrocardiorgiado subiendo y bajando. Encendió todos los cilindros y sólo quería acostarse.

Esa fatiga era probablemente muy mental, ya que experimentó cosas que pocas personas necesitan experimentar, y que no quiere que nadie tenga que experimentar, incluso en sus peores pesadillas.

Después de una semana de tiempo Erik y el hermano de Sam decidieron hacer una visita a la casa donde se formó esta Organización una vez y fue a la antigua casa club y trataría de relajarse, aunque sólo fuera por unas horas. Alguien tenía una fiesta más pequeña y fueron invitados, así que se sintió bien ir allí. Era alcohol, chicas de fiesta y otras personas agradables. También había mucha gente común viniendo a la fiesta. Muchos pensaban que la, vida que vivían era muy, interesante. Muchos que querían sentirse libres, pero no pudieron, porque en primer lugar no tenían la psique de tal vida, sino también porque tenían que cuidar de sus familias.

Las novias acudían a sualrededor, siempre y cuando llegaron allí y eran tan agradables, pero con las novias, y sus venas, Erik pronto se cansó de. Sólo querían ser vistos, y harían cualquier cosa para estar con ellos, y para sentarse en sus bicicletas. Tenían sus puntos de vista sobre las mujeres, y ahora en retrospectiva podría pensar que la imagen estaba un poco dividida, no porque golpearan a una mujer o las lastimaran puramente psicológicamente, sino sólo para dejarlas desnudas se siente un poco apolítica, con mensajes dobles.

Tanto el hermano de Erik o Sam se dio cuenta de que ambos ya no estaban hechos para esta vida, con novias y relleno.

No! Erik dijo, me resulta difícil dejar esto ir con la planificación, y que la organización me lo ha hecho a mí. Requiere venganza, y voya aceptarlo.

Ahora, cálmate. El hermano de Sam dijo. Esto no hace que las cosas mejore.

Erik ya había planeado lo que sucedería, así que era imposible cambiarlo. Paraque Erik se ocupara de esta miseria, comenzó a beber grandes cantidades de whisky. Erik no estaba a favor de las drogas de ninguna manera, pero el alcohol es en grandes cantidades un problema tan grande como cualquier droga. Una adicción que ascendía a 8 botellas, o más por semana en su peor momento. El hecho de que Erik bebiera tanto fue porque no podía hacer frente a esta cantidad de violencia, sin algúntipo de anestésico. Realmente no quería hacer violencia ni herir a la gente.

Erik sólo tenía dólares como piedra angular de su crimen y ahora tenía una lista sólida de muchos crímenes. Todo lo que Erik hizo fue criminal, como lo hizo, fue asociado o fue un acto criminal puro. Erik era ahora una persona con un nivel de tolerancia muy por encima del humano, donde era duro como el granito y se convirtió en un humano, o más bien una máquina más difícil por el día, y su psique podía soportar casi cualquier cosa.

La diferencia entre los negocios criminales y el mundo de los negocios ordinarios no es tan enorme como se podría pensar. Es cierto que no tenían restricciones y a menudo se robaban cosas que se vendían, pero por cierto, un buen negocio fue en silencio y con calma, yaque, siempre y cuando nadie trató de soplar de una manera u otra.

Un negocio podría tener lugar en un restaurante como en el negocio ordinario. Sin embargo, había grandes diferencias si algo salían mal, o si alguien entraba en su territorio. Lo cual podría ser que un día tuviste una cena de negocios, y el otro día hubo una guerra, cuando trataste de dispararle al otro compañero muerto. Esta secuencia de acontecimientos no era demasiado inusual, y si no se había pagado una deuda a su debido tiempo, difícilmente se envió una reclamación de cobro con 150 SEK como un costo adicional. No! Luego se trataba de darle a esa persona reglas de conducta claras y claras, y en el peor de los casos terminó con grasa en la frente.

La vida eramuy, dura, y siempre estarías en guardia.

De repente, parecía que todos los agentes de SAPO habían llegado a las instalaciones en las que estaba la fiesta, y Erik se preguntaba qué demonios estaba pasando, y cómo podrían saber esto ahora. Tuvimos una fuga o qué? Erik vio que una mujer salió que el SAPO suelto acerca de.

Hola Erik. El agente McGill dijo. Qué quieres de mí? Erik dijo. Quiero que vengas al auto conmigo, sólo escucha una sugerencia que tenemos. Ella dice.

Ni siquiera quiero hablar contigo. Erik responde.

No tienes que hablar con nosotros, sólo escucha a estas dos personas que conocerás.

Hm? Dijo Erik y la miró. Qué sucederá después? Erik dijo.

Vas re a ser puesto en custodia protectora, y vas a tenerque quedarte allí hasta que el Servicio Secreto te hable. Entonces terecogeré y te llevaré a un lugar secreto. Dice que el agente McGill ahora suena raro. Erik dijo que la policía o los agentes no hacen eso. "Bueno, yaveremos", dijo Erik.

Sólo querían que Erik les diera 15 minutos para explicarse, para que pudiera hacer lo que quisiera más tarde, o aceptar su propuesta. Qué es esto? Cámara oculta o qué? Erik se preguntó. No! Le contesté al agente McGill. Entiendo que esto te parece extraño, ya que normalmente no hacemos esto.

Sí, es muyaterrador, dijo Erik and ella cuenta que el Departamento de Inteligencia había comenzado un proyecto donde se librarían de criminales muy organizados Erik se rió en la cara, entonces sonó como.

Quiero que forme parte de este proyecto, para que podamos ejecutar la operación en sí. El proyecto se basa en la voluntad de cuatro criminales pesados para iniciar esto en, con el fin de tener una nueva vida, fuera de la vida criminal. Continúa el agente McGill.

Te estás burlando de mí? Erik se preguntó.

No, Absolutamente, no! McGill respondió.

Quieren encerrarme otra vez? Erik tenía 100 pensamientos en su cabeza, y ni unsolo, uno era del tipo positivo directamente.

Capítulo 25

Qué quieres de mí? Preguntado Erik.

Tendrás que disculparme, pero para mí suena como si fuera un perro enterrado, y todo parece raro, de principio a fin. Erik se lo dijo al agente. Nunca he oído hablar de operaciones como esta en este país. Si hubiéramos estado en los Estados Unidos, no habría cuestionado esta operación, pero aquí, donde todo es blanco o negro, todo el arreglo se siente frívolo. Dice Erik.

Puedo entender tus pensamientos y pensamientos. Respondió el agente McGill, quien inicialmente también pensó que era una operación extraña, pero señaló y aseguró que esta operación estaba anclada por los altos jefes del Departamento de Inteligencia.

Erik le dijo que quería saber mucho más antes de tomaruna decisión. Después de una cuidadosa consideración, Erik decidió aceptar esta operación de puesta en marcha.

Se suponía que el agente McGill llevaría a Erik a un lugar no revelado el fin de semana, hasta que los agentes "grises" regresaron el lunes. Era viernes, y el día que anhelaba, cuando pudiera volver a ver a sus hijos. Pero ahora Erik se enfrentó una vez más a una decisión que cambia la vida. Los niños, los niños! Qué razón diría que no vino a buscarlos? Y Erik no sabía con certeza que esta operación era seria. Que el estado permitiría alDepartamento de Inteligencia de SAPO remover a la gente y darles una nueva vida.

El agente quería que Erik se quedara en su lugar secreto el fin de semana. Pagaron todo, y consiguió un número de teléfono para este agente que podría usar durante el fin de semana si había algo que necesitaba o se preguntaba.

Era una noche de insomnio donde los pensamientos eran muy confusos.

Qué estaba haciendo? Pensé que Erik, y el hermano de Sam, qué pensaría? Pero la pregunta más importante era cómo pensaban los hijos de Erik. Si estuvieran tristes, o temieran que algo le hubiera pasado a su padre,, sesentía terriblemente mal, su cabeza se sentía como si fuera a explotar,,

Fue un fin de semana en el signo de la frustración, para decirlo suavemente. A Erik no se le permitió llamar a casa a sus hijos, ya que podría suponer un gran riesgo. Erik dejó una organización poderosa, una organización que tenía una gran red de contactos, y sabía cómo sucedió cuando alguien intentaba abandonar la Organizacióny, también, qué métodos utilizaban.

El equipo de seguimiento y los contactos con varias compañías telefónicas, la Organización cuenta con una gran cantidad de, donde los empleados revisan los números de teléfono y las posiciones sobre dónde un teléfono en particular es geográficamente finding personas no es un gran problema Erik conocía esta información y rompió todas las posibilidades de comunicación posibles. El fin de semana fue realmentedifícil de pasar, y estaba muy preocupado por lo que podría suceder si la Organización pensaba que Erik había pasado a la clandestinidad y comenzaba a filtrar información.

Erik no sabía lo que le esperaba después del fin de semana, cuando los agentes responsables se pondrían en contacto con él. Erik se preguntó cuáles eran sus demandas sobre él porque tendrían demandas sobreél, era bastante obvio queél afirmaría que no liberaríaa las personas muy criminales sin supervisión y, también darles nuevas identidades erademasiado bueno para ser verdad. Erik había oído hablar de la protección de testigos antes, pero entonces la persona en cuestión testificaría sobre el crimen en, con el fin de obtener esta protección del estado. Erik fue muyclaro en este punto. No se burla de nadie más, entonces pueden ir al infierno de inmediato, these pensamientos fueron probablemente lo único de lo que Erik estaba seguro. Ser chirriante era algo que podían olvidar de inmediato, si ahora era su visión poder enmarcar a ciertas personas dándoles libertad y una nueva vida. Han tomadola decisión equivocada.

Mientras que Erik era extremadamente skeptical, también estaba curioso y entusiasmado con esta posibilidad. Una posibilidad en la que no sabía cuál sería el precio.

En las primeras horas de la mañana del lunes alrededor de las 8 a.m., el agente McGill llama y le pide que entre en la estación de policía local. No eres realmente sabio y quieres quevaya a unaestación de policía? Ruge a Erik.

Cálmate! El agente McGill dice. Habrá un oficial de policía para encontrarte en la entrada.

Mira, hasapagado completamente la función cerebral en tu cabeza. Nunca me heofrecido para una comisaría y tampoco lo voy a hacer ahora. Que fue la respuesta de Erik al agente McGill, quien pensó que Erik debería ser un poco calculado cuando trataron de darle una nueva vida.

Qué tienes en mente? El agente McGill dijo.

Voy a empezar de nuevo con una nueva vida y dejar todo lo viejo atrás. Erik dijo, y sigue diciendo. Quiero una identidad completamente nueva, y con nuevas condiciones.

Tienes demandas de Erik! Qué vas a hacer por nosotros? Ella pregunta.

En estemomento, no obtienes nada, pero cuando me siento en mi nueva ubicación, con nueva información, obtienes todas las cuentas y servidores de mí que fueron utilizados por los sitios de la Organización. Erik responde.

Pero Erik, todos en la Organización se han quemado y destrozado todo lo de valor, cómo nos vas a dar la valiosa información que luego necesitamos. Me pregunto, agente McGill.

Sólotienes que confiar en mí. Erik responde, o vas a tenerque encerrarme de nuevo.

Entonces, usted dice que dice el agente McGill. No tengo buenas opciones, pero no veo cómo puede ser útil para SAPO?

Dame siete horas yte daré la solución que
esperas. Esa solución te dará una paliza. Erik
dice con firmeza.

Qué dices, Erik? Le pregunta al agente McGill,
que era un poco tímido, pero aún así se arriesgó.

Erik reflexionó durante su viaje al destino
secreto sobre cómo sería su vida en el nuevo
lugar al que fue. Erik reflexionó también sobre
cómo sería like su vida sin poder ponerse en
contacto con su mother. Tuvieron una buena
relación,, y Erik pensó en de la época en que se
le ocurrió un juego de ajedrez, que su madre
lent a him.

Habían pasado un poco más de 8 horas, el
agente McGill comenzó a impacientarse, y se dio
cuenta de que había sido volada por un
gángster.

Entonces suena el teléfono celular de McGill, era
Erik en una línea muymala, pero era posible
escuchar lo que Erik tenía que decirle.

Erik dijo que el agente McGill descargaría el
enlace que llegó a su teléfono celular.

McGill descargó el archivo inmediatamente, y
comenzó a presionar el archivo abierto, cuando

Erik había puesto un cifrado en esa información que ahora existía.

Erik! Qué es esta tontería ahora? Le pregunta a McGill, un poco molesto.

Agente McGill, ahora tiene tres intentos, y luego el disco duro se borra... McGill oyó lo mucho que Erik se reía de esta broma. Erik, tienes la información o no?

Agente McGill, por supuesto que tengo lo que le prometí. Erik responde. Tendrá acceso a grandes partes de la Organización.

Buena suerte ahora!
La contraseña es: ERIKFRI

Después de unos minutos, Erik se enteró de lo feliz que parecía cuando recogió el archivo.

Cómo pudiste tener toda la información que queda, todo fue borrado? El agente McGill dijo. No, Agente McGill, todo sefue porque hereflejado discos duros y servidores y asegurado toda la información que era útil. Me di cuenta de cómo se estaba convirtiendo cuando Henke había hablado con un hermano, Carl, así que lo tomé a salvo antes de la información incierta y segura si de alguna manera sería borrada. Erik dijo. Tienes que decir eso.

El agente McGill dijo que era un plan muy bien pensado, ahora puedo coser muchos en la Organización, y que con pruebas, bien hecho Erik.
Gracias Erik, cumpliste tu palabra.

Nos vemos McGill... No!

Un libro de The Author Jesper Persson

Copyright 2020

Reader BeDe

Translator A.D Zingo